ラプソディー・イン・ペルージャ

愛と美食の国で運命的に
めぐり逢った若者たちのドラマ

星 一平
HOSHI Ippei

文芸社

目次

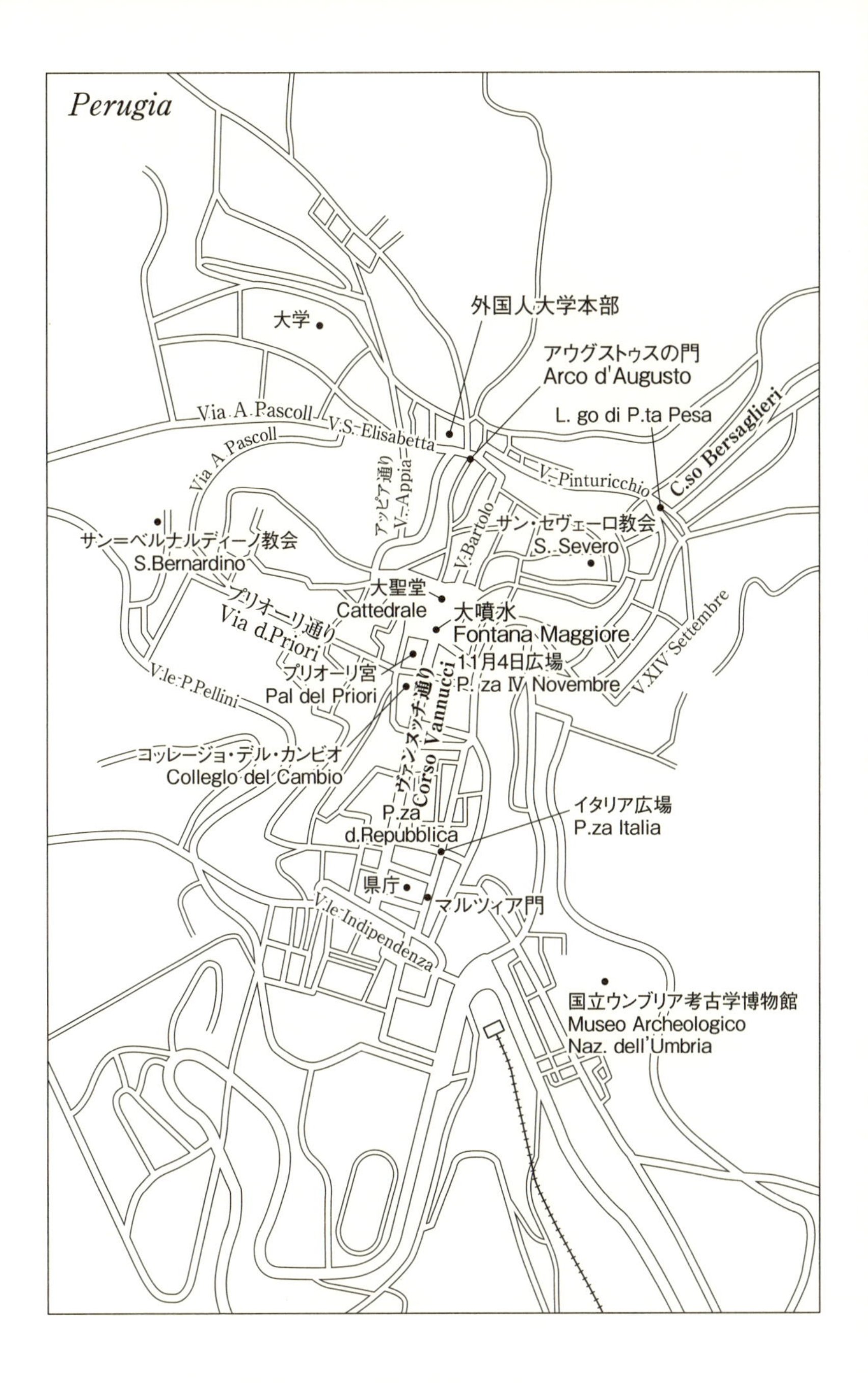
Perugia
外国人大学本部
大学
アウグストゥスの門
Arco d'Augusto
L. go di P.ta Pesa
C.so Bersaglieri
Via A. Pascoli
V.S. Elisabetta
Via A. Pascoli
アッピア通り
V. Appia
V. Pinturicchio
V. Bartolo
サン・セヴェーロ教会
S. Severo
サン=ベルナルディーノ教会
S.Bernardino
大聖堂
Cattedrale
大噴水
Fontana Maggiore
プリオーリ通り
Via d.Priori
プリオーリ宮
Pal del Priori
11月4日広場
P. za Ⅳ Novembre
V.XIV Settembre
V.le P.Pellini
ヴァンヌッチ通り
Corso Vannucci
コッレージョ・デル・カンビオ
Colleglo del Cambio
P.za
d.Repubblica
イタリア広場
P.za Italia
県庁
マルツィア門
V.le Indipendenza
国立ウンブリア考古学博物館
Museo Archeologico
Naz. dell'Umbria

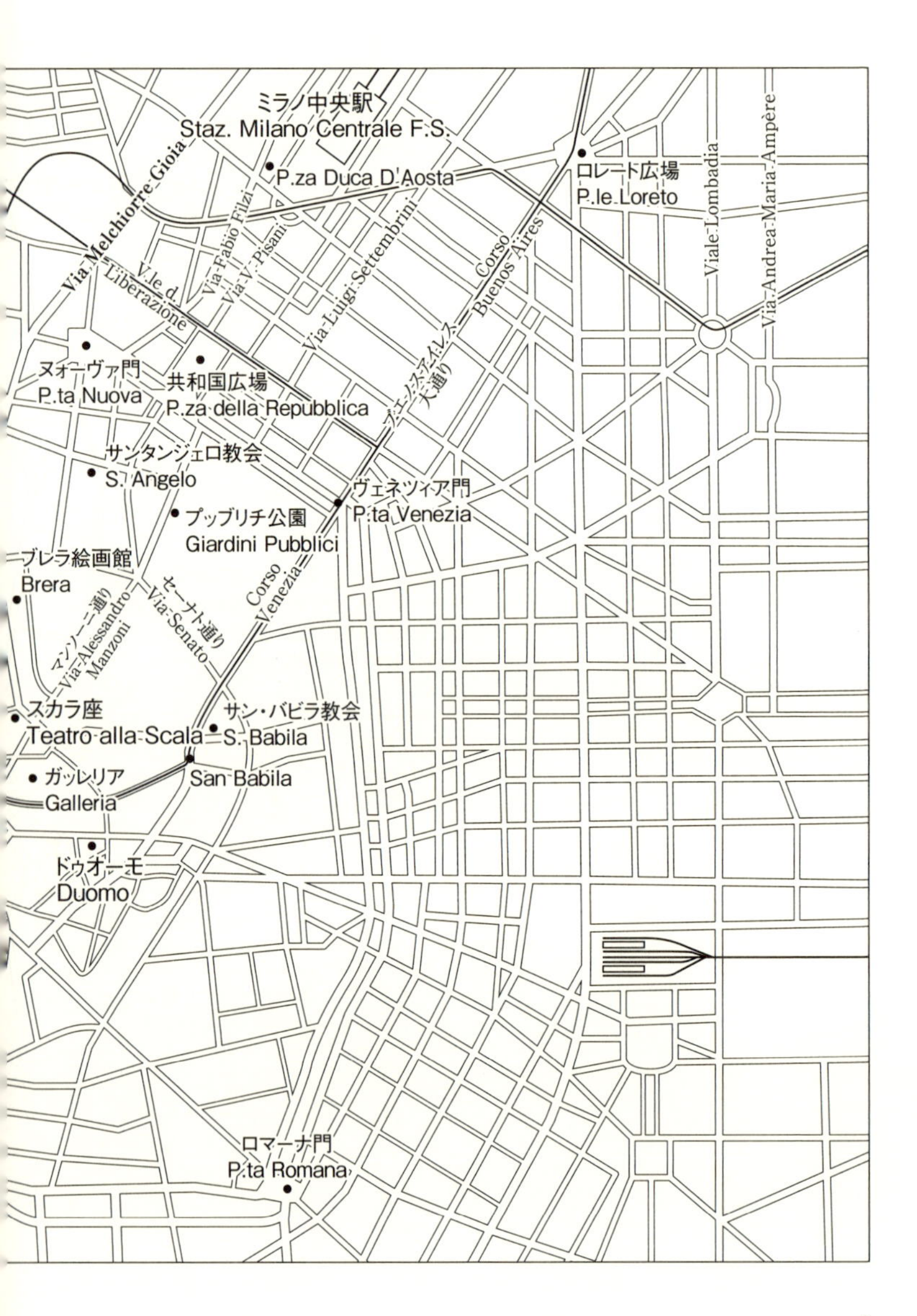
ミラノ中央駅
Staz. Milano Centrale F.S.
P.za Duca D'Aosta
ロレート広場
P.le Loreto
Viale Lombadia
Via Andrea Maria Ampère
Via Melchiorre Gioia
V.le d. Liberazione
Via Fabio Filzi
Via V. Pisani
Via Luigi Settembrini
Corso Buenos Aires
ブエノスアイレス大通り
ヌォーヴァ門
P.ta Nuova
共和国広場
P.za della Repubblica
サンタンジェロ教会
S. Angelo
ヴェネツィア門
P.ta Venezia
プッブリチ公園
Giardini Pubblici
ブレラ絵画館
Brera
マンゾーニ通り
Via Alessandro Manzoni
セーナト通り
Via Senato
Corso Venezia
スカラ座
Teatro alla Scala
サン・バビラ教会
S. Babila
ガッレリア
Galleria
San Babila
ドゥオーモ
Duomo
ロマーナ門
P.ta Romana

Milano

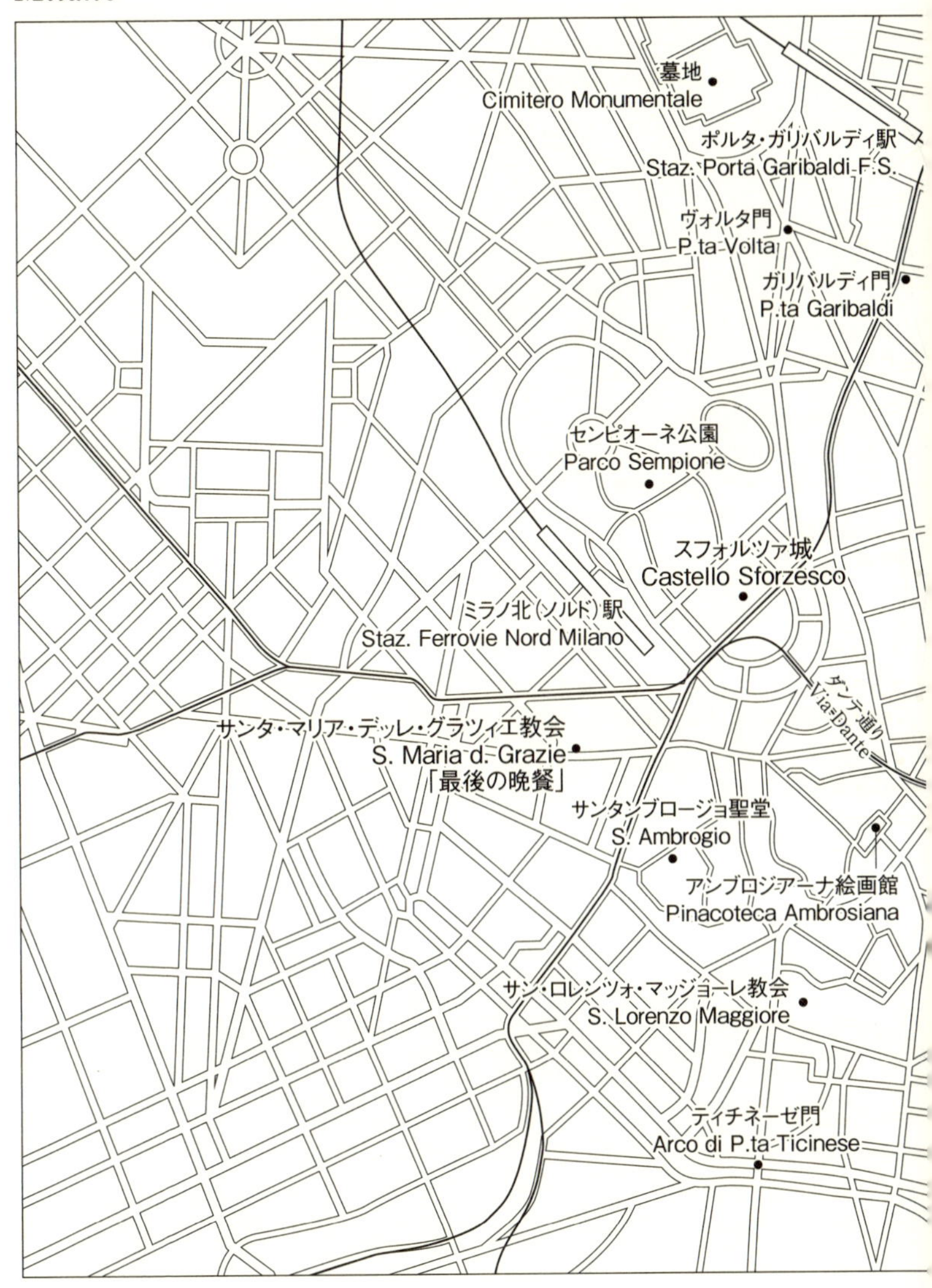

墓地
Cimitero Monumentale
ポルタ・ガリバルディ駅
Staz. Porta Garibaldi F.S.
ヴォルタ門
P.ta Volta
ガリバルディ門
P.ta Garibaldi
センピオーネ公園
Parco Sempione
スフォルツァ城
Castello Sforzesco
ミラノ北（ソルド）駅
Staz. Ferrovie Nord Milano
ダンテ通り
Via Dante
サンタ・マリア・デッレ・グラツィエ教会
S. Maria d. Grazie
「最後の晩餐」
サンタンブロージョ聖堂
S. Ambrogio
アンブロジアーナ絵画館
Pinacoteca Ambrosiana
サン・ロレンツォ・マッジョーレ教会
S. Lorenzo Maggiore
ティチネーゼ門
Arco di P.ta Ticinese

V. Cavour
中央市場
Market Central
アカデミア美術館
Gall. d. Accademia
メディチ・リッカルディ宮
Pal Medici Riccardi
サン・ロレンツォ教会
S. Lorenzo
ドゥオーモ
Duomo
レプッブリカ（共和国）広場
P.za d. Repubblica
ヴェッキオ宮
Pal. Vecchio
ウッフィツィ美術館
Galleria d. Uffizi
サンタ・クローチェ教会
S. Croce
ヴェッキオ橋
Ponte Vecchio
P.te alle Grazie
アルノ川　Arno
バルディーニ美術館
Gallarda Corsi Museo Baldini
ベルヴェデーレ要塞
ミケランジェロ広場
Ple Michelangelo

Firenze

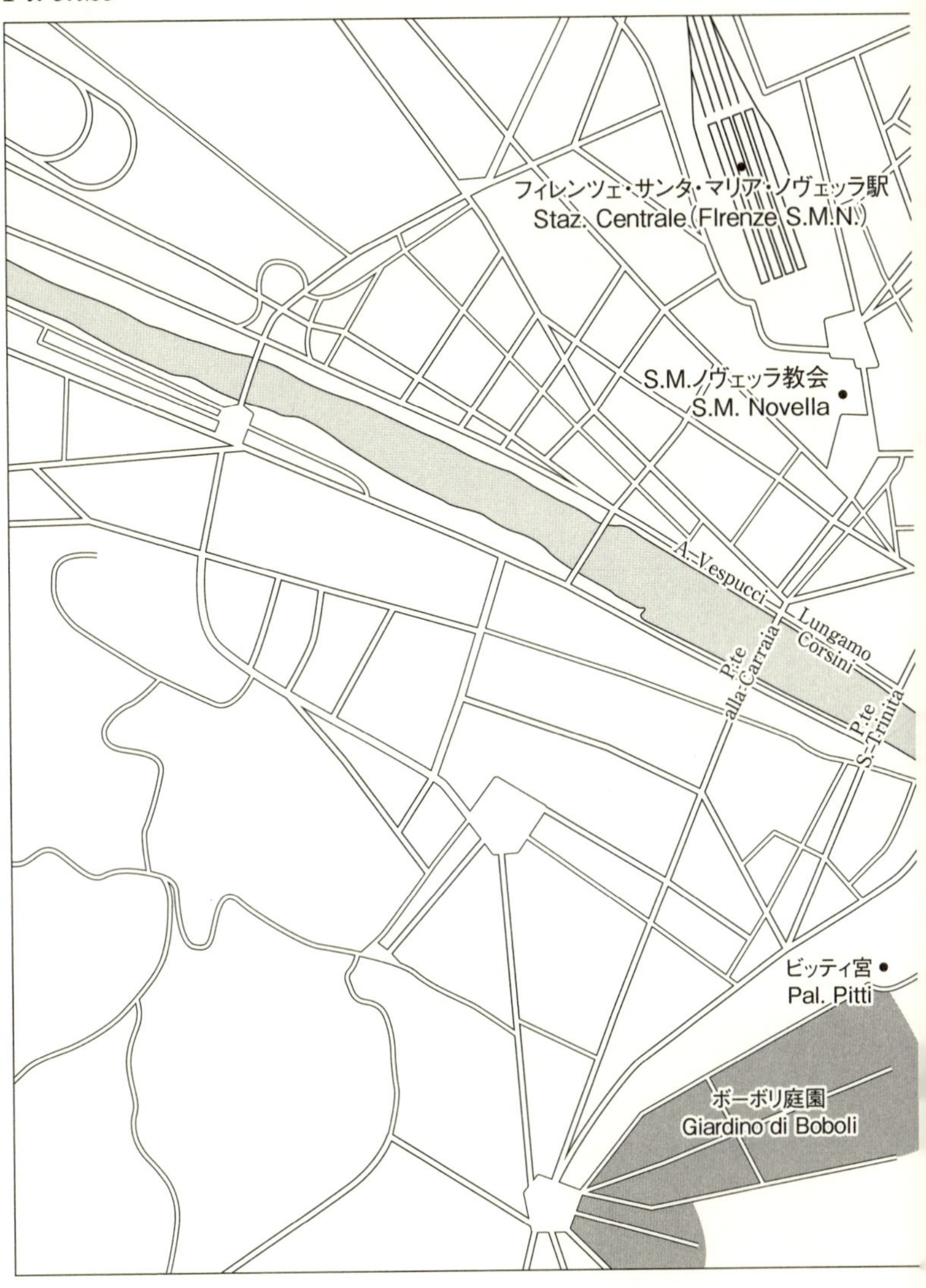

フィレンツェ・サンタ・マリア・ノヴェッラ駅
Staz. Centrale (FIrenze S.M.N.)
S.M.ノヴェッラ教会
S.M. Novella
A. Vespucci
Lungarno
Corsini
P.te
alla Carraia
P.te
S. Trinità
ピッティ宮
Pal. Pitti
ボーボリ庭園
Giardino di Boboli

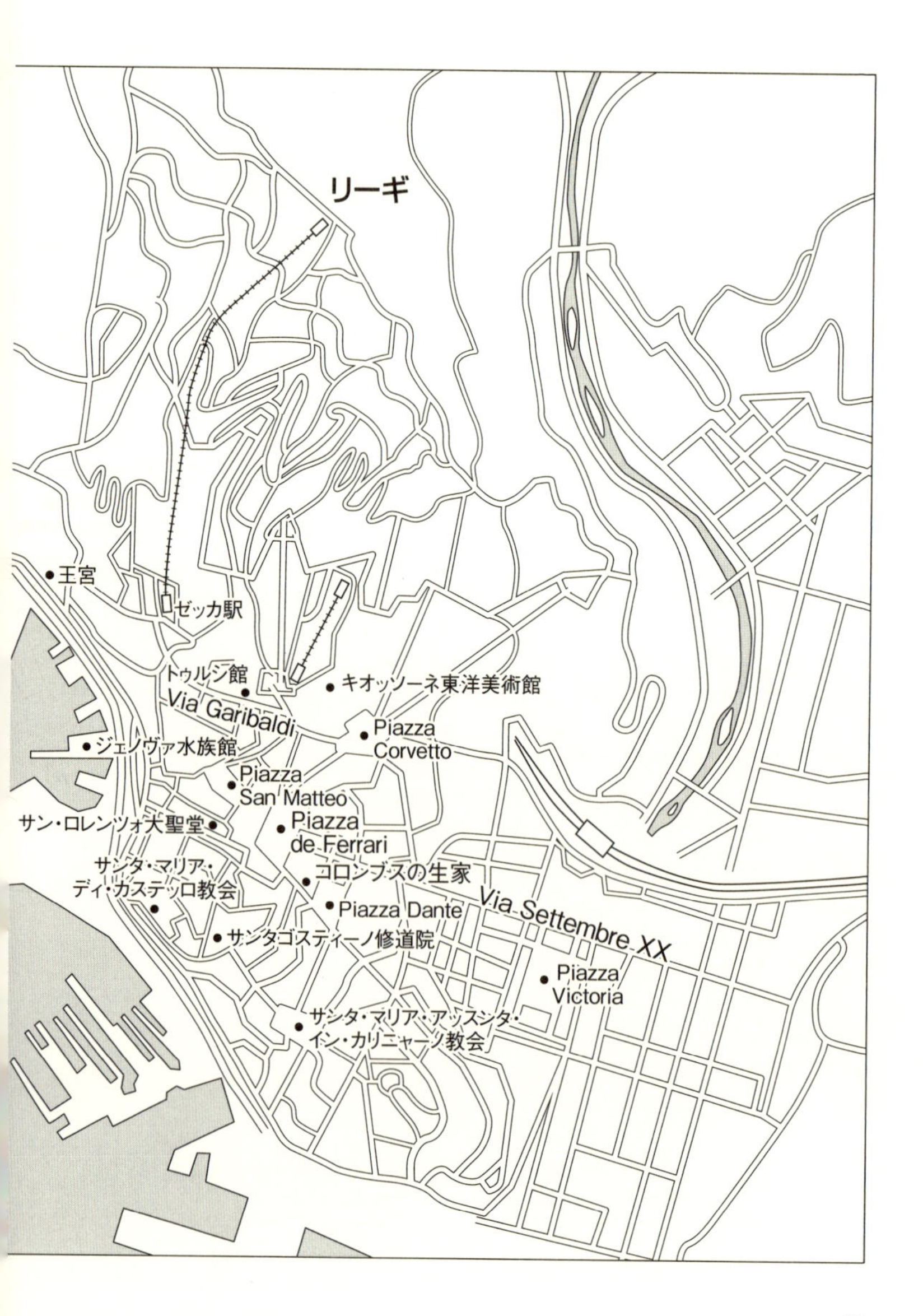
リーギ
王宮
ゼッカ駅
トゥルシ館
キオッソーネ東洋美術館
Via Garibaldi
Piazza
Corvetto
ジェノヴァ水族館
Piazza
San Matteo
サン・ロレンツォ大聖堂
Piazza
de Ferrari
サンタ・マリア・
ディ・カステッロ教会
コロンブスの生家
Piazza Dante
Via Settembre XX
サンタゴスティーノ修道院
Piazza
Victoria
サンタ・マリア・アッスンタ・
イン・カリニャーノ教会

Genova

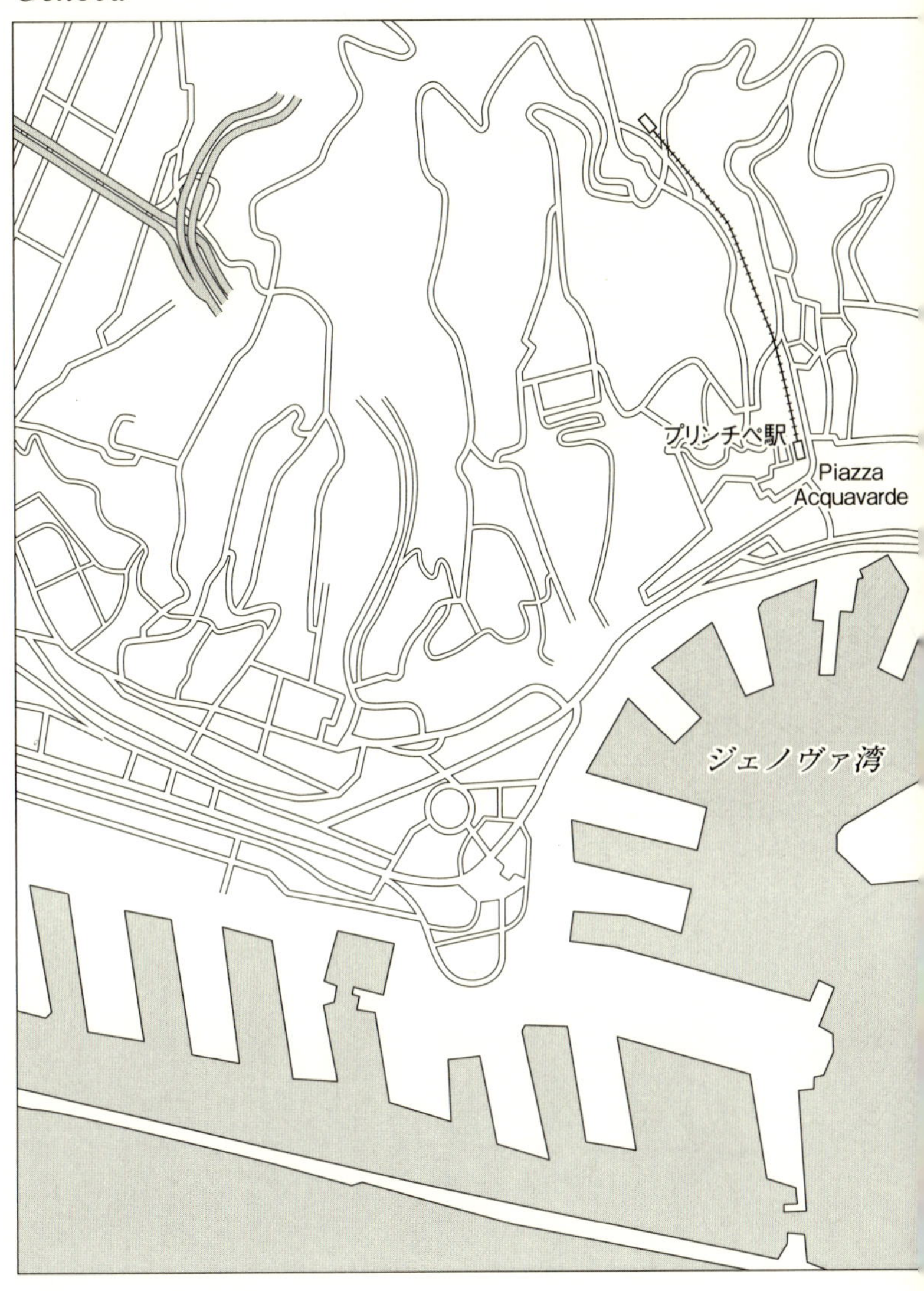

※黒く塗りつぶしてあるところは賢一と美紀の逃避行のルート

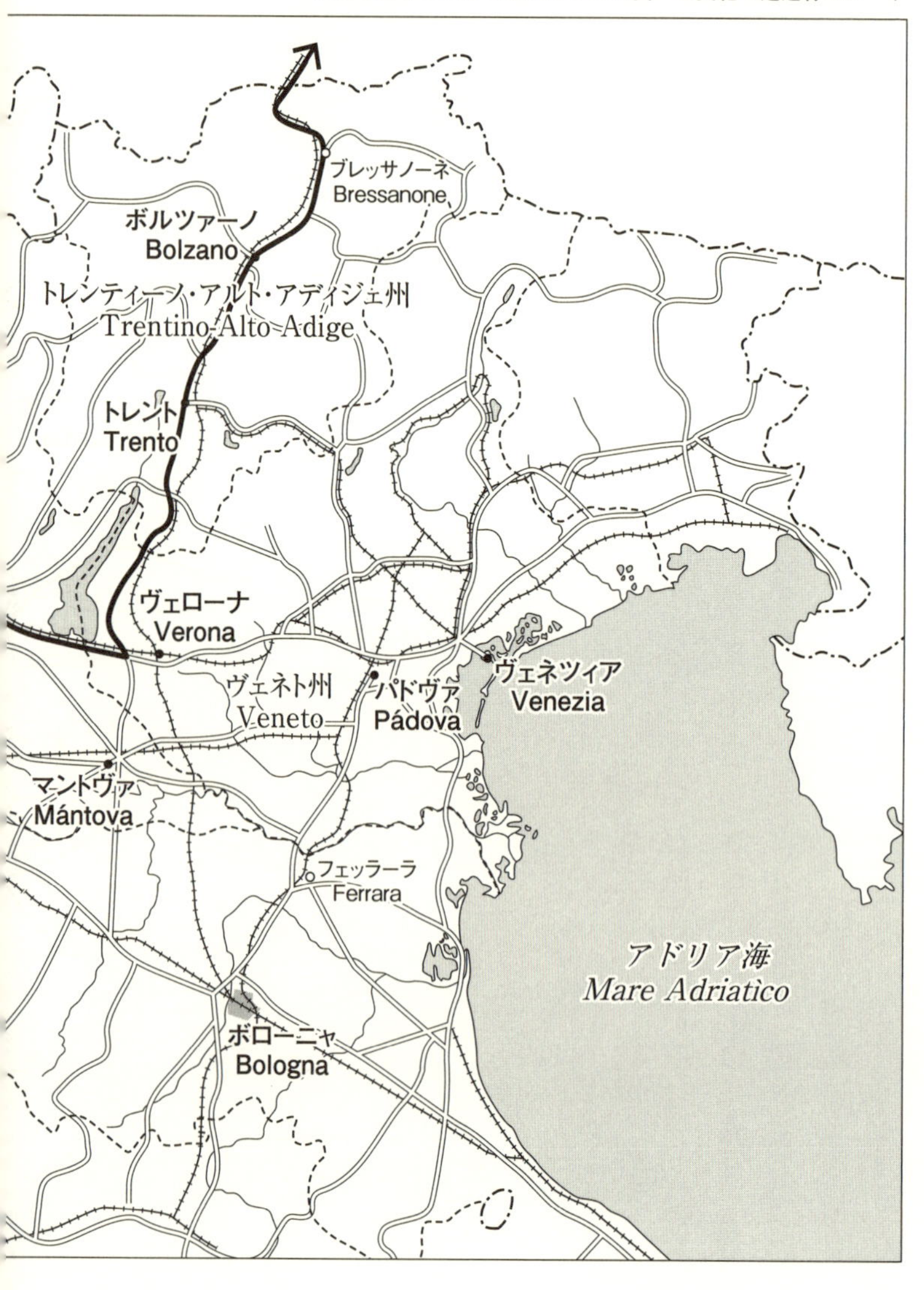

Nord Italia

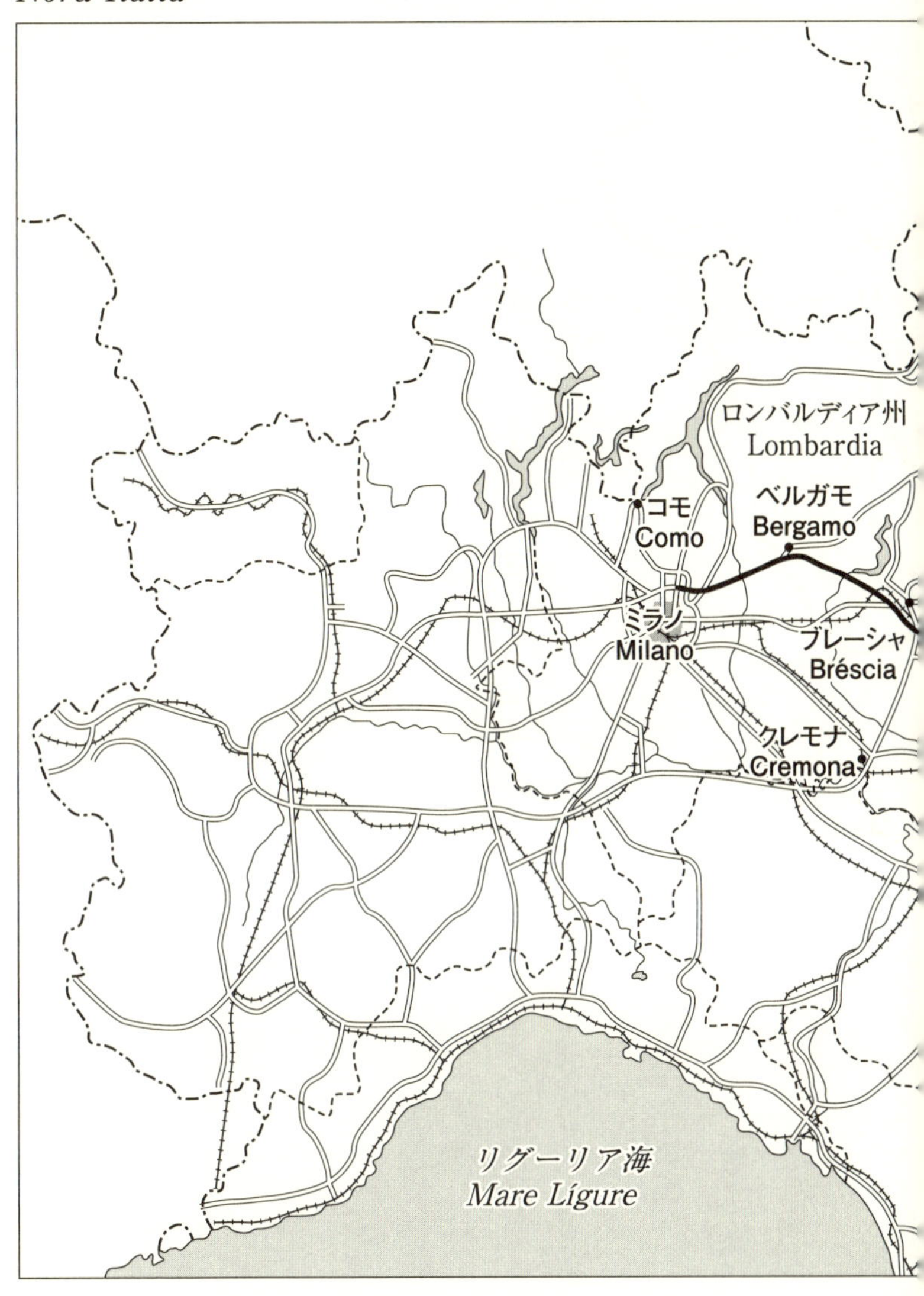
ロンバルディア州
Lombardia
コモ
Como
ベルガモ
Bergamo
ミラノ
Milano
ブレーシャ
Bréscia
クレモナ
Cremona
リグーリア海
Mare Lígure

第一章　懐かしのカンツォーネ

二〇一八年七月、村上哲也は、ミラノ・マルペンサ空港に向かって飛行中の、アリタリア航空七八七便の機上にいた。成田空港を出発して既に八時間、そろそろシベリアから南に向けて、欧州大陸上空に入る頃だ。機内は照明を落とし静まり返っている。隣の席では、妻の直子が座席をフラットにして寝ている。

哲也は六月末に七二歳を迎え、会社勤めを終えた。さっそく妻を伴って、イタリアのペルージャを皮切りに、ウンブリア、トスカーナ地方を周遊する旅に出かけたのである。

眠れぬままに機内誌ＵＬＩＳＳＥをぱらぱらとめくっていると、『懐かしの七〇年代カンツォーネ』というオーディオ番組を見つけた。「こんな昔のものをまだ流しているのか！」と喜び、さっそくイヤホーンを取り出し聴くことにした。もともとミーハー的性格の哲也は、日本では歌謡曲、イタリアではカンツォーネを聴くのが大好きなのである。マルチェッラ・ベッラの『青い山々』、ニコラ・ディ・バリの『恋のジプシー』とサンレモ音楽祭入賞曲が続いた。マッカランのオンザロックを片手に、すっかり当時のイタリア生活の思い出にタイムスリップしていた。そして次に静かなメロディーが流れてきた時に、哲也は身震いするほどの衝撃を覚えた。一九七二年五月、かつて哲也がペルージャに住み始めた時に、街の至るところで流れていたルーチョ・バッティスティの『三月の庭』だった。故郷への切ない郷愁を歌い上げるバラードである。当時は異国の地ペルージャで新生活を始める不安で一杯であったが、このメロディーを聴くたびに、心に染みわたったものだ。四五年経って聴く今も、変わらずに哲也の魂を揺さぶった。目を閉じると、ペルージャの丘の中心に位置するヴァンヌッチ通りを行き交う人々の姿が、まざまざと脳裏に蘇ってきた。「そうだ、当時彼と偶然再会したのも、あのヴァンヌッチ通りだった」と一人で小さく呟いた。

第二章　イタリア語学研修生

一九七二年五月二二日、村上哲也はテロントラ駅ホームのベンチに座って、アッシジ行きの列車を待っていた。朝早くミラノを出発してフィレンツェ経由テロントラまでやってきて、これから支線に乗り換えてペルージャに向かうのである。ウンブリア州の片田舎だけに、ホームには人もまばらであった。

哲也はベンチで大きく背伸びをしながら空を仰いだ。雲一つない青空である。「これがイタリアの空か、とうとうやってきた」と、これからの新しい生活への期待と不安で、胸が一杯であった。

三〇分ほどして列車が到着した。哲也は大きなスーツケースを抱えて乗り込んだ。予約しておいたコンパートメントの窓際の席を見つけ腰をおろした。向かいの席には三五歳前後の知的な雰囲気を持った女性、横には五〇歳前後の小太りの女性が座っている。二人とも「ボンジョルノ！」と親しみのある笑顔を返してきた。

発車して間もなく、車窓の右側にトラジメーノ湖が見えてきた。「ここがローマ軍とハンニバルとの古戦場か」と思わず呟いた。紀元前三世紀に起きた歴史上の出来事に思いを馳せ、眼前に広がる湖を感慨深く眺めていた。

隣の女性は、哲也が広げたウンブリア州地図を、興味深そうにのぞき込んでいる。人の良さそうな田舎のおばさんである。一方、向かいの席の女性は読書をしている。教職か医師ではなかろうかと勝手な想像をした。

しばらくすると、隣のおばさんが親しげに話しかけてきた。

「日本人ですか?」

「そうです」

「どこからきたの?」

「東京です」

「どこへ行くの?」

「ペルージャです」

「何しに行くの?」

「ペルージャ外国人大学に入学するのです」

しかしその後に続く質問に答えるには、もはや哲也のイタリア語学力を超えていた。日本を出発する前に二ヶ月ほど、イタリア語会話読本を買って独学したが、その程度ではとても無理である。おそらくどのような目的でペルージャ外国人大学に入るのか、その後どうするのか、と尋ねているのであろう。戸惑って向かいの女性を見遣ると、彼女は微笑みながら、パオラ・オルランドと名乗ったあとで、たどたどしい英語で質問してきた。

「イタリア語を勉強する日本人は珍しいと思うのですが、特別なわけがあるのですか？勉強を終えたあとにイタリアに滞在して何か仕事をするのですか？」

哲也はホッとして、英語でかいつまんで今回の留学の経緯を説明した。総合商社の日興商事から派遣され、二年間をイタリアで過ごし、イタリア語と政治経済を学ぶ予定だと説明した。彼女は隣のおばさんにイタリア語で通訳をしてくれた。

このおばさんは、日本を中国の一つの州と勘違いしているところもあり、頓珍漢な質問が続いたが、三人での奇妙な会話は盛り上がり、ペルージャまでの四〇分は瞬く間に過ぎ去った。

哲也がペルージャで下車する際に、パオラが名刺をくれた。

「私はアッシジのサン・フランチェスコ教会の近くに住んでいます。もともとはミラノ生まれだけれど仕事の都合で移住したの。あなたも生活が落ち着いたら、一度アッシジを訪れるといいですよ。案内します」

「いろいろ御親切にありがとうございます。アッシジは聖フランチェスコで有名なところですね。東京を出発する前に、フランコ・ゼフィレッリの『ブラザー・サン　シスター・ムーン』を観たばかりです」

「あら、詳しいのね。それなら是非いらっしゃい」

哲也はパオラの暖かい言葉に感謝し、彼女から差し出された右手を、自分の両手で大事に包み込むように握手をして別れた。異国に来て早々、イタリア人の優しさに触れて哲也の心は温かくなった。

「それにしても、上品な女性は握手の際に決して握らないで、相手に手を委ねるだけなんだな」と妙なところを感心した。

哲也はペルージャ駅に降り立った。日興商事ミラノ支店長高松昭夫から渡されたメモに従い、駅前広場に出て誰もいないタクシー乗り場で車を待つ。すべてがスローテンポである。

ベンチに座って高松支店長のメモを取り出した。昨晩支店長宅で、淑子夫人手作りの夕食を御馳走になった際に、高松がペルージャ駅からホテルへ行くまでの手順を書いてくれたのである。哲也はメモを読みながら、昨晩の楽しい会話を思い出した。

「本来なら誰か付き添って、村上君のペルージャでの生活設営をしてあげるべきかもしれないけれど、こちらも人手の余裕もないしね。まあこれから異国で生活する君にとっては、良い社会勉強になると思う」

「お心遣いありがとうございます。私だって商社マンですからご心配なく」

「ペルージャは地方都市だから、一般の人はまず英語は話さない。しかし身振り手振りでなんとかなるものだ。ローマと違うので君を騙すような人もいないだろう」

「村上さんのように、愛嬌のある人柄なら心配することはないわ。下宿探しでも、言葉が通じなくても全く問題はないでしょう。相手が困っていれば、お節介なほどいろいろ世話をしてくれる人もいますよ」と淑子夫人が付け加えた。

「語学研修生制度は、まずはその国の語学を習得し、現地の生活に溶け込んで、その国の文化や社会制度を学んでもらうのが目的だ。村上君もこれからの二年間を、自分で考えて生活設計をしてください。君からは、本社人事部に月次報告書を出すことになっているので、僕のところには、三ヶ月に一度ぐらいは顔を出して、現況報告をしてもらえればよい。あとはどうしようと自分で自由に決めて結構です。ただし旅行をする際などは、こちらに連絡してもらって、所在はいつもはっきりさせておいてほしい」

「いろいろ御配慮いただきありがとうございます。こんなに期待で胸が膨らむのは、入社以来初めてです」

「なんだかオーバーなことを言っているね。本社法務部ではよほどくすぶっていたんだな」

「上司や同僚には恵まれていたのですが、どうも法務の仕事が、自分に向いていなかったのですね。人と接して、ガシャガシャやる方が好きなたちですから」

「会社側もそれなりの人物を選考して、語学研修生を派遣している。本人の良識を信頼して、自由に海外生活を送ってもらおうとの趣旨だ。私から強いてアドバイスをすれば、自分の健康を過信しないで自己管理をしっかりおこなうこと。もう一つはトラブルに巻き込まれないこと、特に金銭と女性問題には気をつけてください」

「はい！　気をつけます。ミラノ空港でもソフィア・ローレンとかジーナ・ロロブリジータのような女性が颯爽と歩いているので、思わず見とれてしまいました。これからの新生

活は凝視すべきは女性ではなく、伊和辞典ですね」と哲也は冗談を言った

「村上さんみたいな純日本的な容貌は、かえって目立つから気をつけてね。女性もここはカトリックの国だからしつこいわよ、下手に深入りしては危険ですよ」と淑子夫人が微笑みながら言った。

「奥様、ありがとうございます。でも言葉も話せなければ愛は通じませんから、しばらくは大丈夫ですね。私は顔にメリハリがないものですから、かつて写楽という綽名もつけられたくらいなので、ご心配なく」

「村上さん、現在パリで活躍しているスーパーモデルの山口小夜子を御存知でしょう。彼女は日本にいれば、全く目立たぬ容貌でしょうが、これが欧州では大受けすることになる。切れ長の目と黒髪のおかっぱ髪が、なんともアジア的でエキゾチックなのでしょう。これが男性にも言えることで、ここイタリアでは、必ずしも高倉健とか野口五郎みたいな男性がもてるわけではないのね。目鼻立ちがはっきりした顔といえば、とても欧州男性には敵わないわけで、寧ろ日本的にのっぺりして、浮世絵に出てくるような顔の方が、イタリア女性に受けるのではないかしら？　村上さんは、そのお姿と愛嬌のあるキャラクターからして、イタリア女性が近づいてくるかもしれないので、油断しないでくださいね」

「奥様、私は褒められているのか、けなされているのか分かりませんが……」と哲也は苦笑した。

「どうも淑子が失礼なことを言ったようだけれど、確かにここミラノでも、どうしてあいつが、というような駐在員がイタリア女性と結婚している。国際結婚が悪いわけではないが、イタリア女性は見た目と違って封建的だから、軽い遊びのつもりで付き合わないことだね」

「そうですね、昔観た『イタリア式離婚狂想曲』は、まさにそこら辺をコミカルに描いていますね。奥様の美女美男分析には目を開かされる思いです。お言葉を肝に銘じておきます」

「ところで君が住むペルージャは、ウンブリア州の州都で人口一七万人、新市街と旧市街とに分かれているが、旧市街が中心で標高五〇〇メートルの丘の上にある。バスも運行しているけれど、本数も少ないからタクシーでホテルまで行ったらよい。おおよそ二〇〇〇リラの費用だ。ローマと違って、ペルージャの運転手は料金をごまかすことはない。ホテルのポーターへのチップは……」と高松は哲也のために、ホテルにチェックインするまでの手順をあらかじめメモしておいてくれたのである。

一五分ほど待ってタクシーがきた。薄汚れたフィアット８５０である。哲也の抱いていたイタリア男性特有の陽気なイメージとは異なり、運転手は殆どしゃべることなく、遥か丘の上に見える旧市街を目指して車を飛ばしていく。レーサーのように巧みなコーナリングで、連続する急カーブを一気に駆け上がっていく。マルツィア門をくぐり旧市街に入ると、景色は中世の街並みに一変した。石畳の道を抜けてイタリア広場からヴァンヌッチ通りにいたると、急に行き交う人々が多くなり、両側のカフェテラスでは多くの男女が語らっている。日興商事ミラノ支店があらかじめ予約してくれたホテル・ロゼッタは、ヴァンヌッチ通りを中ほどまで行ったところで、前方に見える共和国広場手前にあった。チェックインをすませた哲也は、一昨日に羽田を出発してからの長旅を終えて、やっとペルージャに辿りついたとの安堵感でベッドに倒れ込んだ。

村上哲也は一九六九年七月一日に日興商事に入社した。一年続いた大学紛争のために東都大学法学部からの卒業が六月末に遅れ、一般の四月入社には間に合わなかった。学生時代には、これといって将来への確固たる目標もなく、勉学に励むこともなかった。一九六八年に東都大学医学部から紛争が勃発し、全学に広がっていく中で、親しい友人たちが大学当局との闘争に積極的に参加するものの、哲也はどう行動すべきかの考えも定まらず、全共闘学生から当時非難されたノンポリ学生の一人であった。

哲也は、中高一貫の男子校「青空学園」で育ち、勉学にスポーツにと、健全な学生生活を送った。大学に入学した以降は、勉学は二の次で、毎日を気儘に過ごした。中高六年間の学園生活は、女性とは無縁の世界であっただけに、世間にはこれほど華やかな女性たちで溢れているのかと、改めて思い知らされた。親しくなった大学のクラスの友人たちと渋谷に繰り出しては深夜まで遊びまわった。春になれば各大学主催のダンスパーティに赴き、ガールフレンドを探すものの、狙った女性には袖にされ、「壁の花」ならぬ「壁のシミ」となってすごすごと帰宅するばかりであった。夏になれば伊豆白浜海岸に友人と出かけ、ガールハントを試みるもうまくいかず、秋になれば友人と連れ立って北海道、東北、能登と旅行を、冬になれば志賀高原や赤倉にスキーに出かけたりと、あまり生産性のないものの様々なイベントに忙殺されて、毎日が過ぎ去っていく感じであった。唯一他人のためになる活動と言えば、週一回は母校青空学園のバレーボール部に赴き、後輩たちを指導したことであった。

　大学三年になり、こんな生活はいけないと反省し、自分の将来の姿を模索する旅に出ようと、アメリカ大陸を横断する計画を立てた。当時ベストセラーとなったミッキー安川の『風来坊留学記』に触発されたのである。しかし航空券などの手配をしようとした矢先に大学紛争が勃発し、教室は全共闘により封鎖され学内は騒然としてきた。さすがに哲也も、この状況を他人事として旅に出かける気にはなれなかった。

　当時は企業の青田買いと言われ、大学四年の六月までには就職先が決まる時代であった。哲也は一年留年するつもりで、三ヶ月のアメリカ旅行を計画していたのですっかり出遅れてしまった。海外で活躍したいとの思いがあったので総合商社に的を絞って就職活動を始めたものの、業界大手の三星商事、五井物産などは既に新卒採用を終えており、やっと秋口に業界五位の日興商事から内定をもらった。

　一九六九年七月に日興商事に入社したが、なんと配属先は法務部であった。当時日興商事の営業花形部門は人手が足りず、一人でも多くの新入社員を採りたいと思っていたので、遅れて来た七月入社の新卒などを待ってはいなかった。哲也が法学部出身なので法律に明るいはずだと法務部に回されたのであろう。

哲也はそれでも法務部に溶け込んで、二年も経つと大事な戦力として育っていった。法務部には廣田部長以下、年配の地味な既婚男子社員ばかり。一方アシスタント業務の女子社員は二〇代と三〇代の女性ばかりで、華やかな私服姿で職場を動きまわる。哲也にはハーレムのような環境であった。このままでは、かつての大学時代の軟弱な自分に戻ってしまうと危惧して、廣田部長に早く営業部門に移してほしいと願い出た。廣田は前々から哲也の積極的な行動力を評価していたので、このまま法務業務専門ではもったいないと、彼の願いを叶えるべくチャンスを見計らっていた。

一九七〇年代に入って、業界トップの三星商事などが、若手社員を対象として海外語学研修生制度を開始した。日興商事は小規模ながらもこの制度を真似て、欧州の独、仏、伊国に独身社員を派遣することを決めた。語学研修を中心とした計二年ほどの留学制度である。廣田の強い推薦もあり、哲也はイタリア語学研修生として選抜され、一九七二年五月二〇日に日本を発ってイタリアに向かった。哲也、二六歳での旅立ちである。

第三章　中世の街ペルージャ

哲也はペルージャに到着した翌日から、新生活の設営を始めた。

日興商事ミラノ支店の指示通りに、ペルージャ外国人大学に赴き、門番兼管理人にイタリア滞在許可証を提示して、入学申請手続きをした。片言のイタリア語で、下宿先を紹介してほしいと依頼すると、市街地図に候補物件の住所と場所を記入してくれた。

哲也はこれを頼りに、狭い路地を行ったり来たり、坂を上ったり下りたりして、やっとのことで紹介された物件を探し当てた。ところが対応に出てきた女主人が、早口でまくしたてる。何を言われているのか理解できぬが、どうも断られていることは確かなようだ。日本人だから駄目なのか、それともほかの理由で駄目なのかは分からないが、哲也も、こんな不愉快なおばさんのもとで下宿するのではたまらないと早々に引き返した。

大学に戻って門番に断られたことを話すと、このようなケースは始終あると平然としている。念のために複数の候補先を紹介してもらいたいところだが、今回も一件しか紹介してくれない。門番は、再び哲也の地図に住所と場所を記入してくれた。住所はベルサリエーリ通り六五番地である。ペルージャの街は、くねくねと曲がった小路が入り乱れているだけに、候補物件に辿りつくのに苦労する。今回は地図を見ながら何度も門番に行き方を確認した。門番の言っていることが理解できないが、どうやら城壁跡に沿った小路を行け、と説明しているようである。彼は笑いながら鉄砲を構える仕草をしたので、哲也が辞書を引いてみると『ベルサリエーリ』は狙撃兵の意味である。「そうか、昔の銃眼胸壁の残っている砦跡沿いの小路を探せということか！」と一人で勝手に納得した。

今度はベルサリエーリ通りをすぐに探し当てた。両側から赤壁の古い建物が覆いかぶさるように並ぶ細い路地を上っていくと、右前方建物の四階の窓で、肘をついてこちらを眺めている若い女性と目が合った。

「ペンシオーネ？」と彼女が上から叫んできた。

ペンシオーネとは下宿屋のことで、哲也に下宿先を探しているのかと尋ねてきたのであろう。

「そうです、六五番地はどこですか？」と大きな声で投げ返した。

「ここですよ！　三階に上がっていらっしゃい」と彼女は手招きした。

哲也はホッとして、一気に古ぼけた建物の階段を駆け上がった。入り口には、彼女ともう一人の女性がドアを開けて待っていた。

「私はナディアといいます。ペルージャ大学の学生でここの下宿人です。こちらがシモネッタ・ルジェッリです」と女主人を紹介してくれた。先ほどとはうって変わって感じの良い女性で哲也もホッとした。おまけにナディアは片言の英語がしゃべれるので二人の会話の手助けをしてくれた。シモネッタは、年齢は三〇歳を超えているであろうか、上背があり、まあまあの美人でエンリコという男性と同棲している。所有している二室を下宿先として貸し出しているとのことである。一〇畳ほどの部屋でトイレ、シャワー付き、食事なしの条件で一ヶ月三万リラ（約一万五〇〇〇円）である。広々とした部屋だが、内装は古ぼけており、おまけに電燈をつけても薄暗い。しかしなんと言っても、同じ下宿先に可愛くて親切なナディアがいることが大変な好条件である。哲也は迷うことなくここに決めた。

翌日午前中には、二度にわたって大きなスーツケースをがらがらと引きずって、ホテルから下宿先へ運び込んだ。その後ナディアが、近所の食料品店、雑貨店、洗濯屋などに案内してくれた。また街の中心街ヴァンヌッチ通りまで連れていってくれて、学生向け食堂『ラ・ボッテ』や、オープンカフェ『カプリッチョ』の場所を教えてくれた。丁度昼時となり、ベルサリエーリ通りの起点ペーザ門に戻り、その四つ角にあるトラットリア『アルティスタ』で一緒に食事を取った。

ナディアはプーリア州ブリンディジの生まれで二〇歳、ペルージャ総合大学で生物学を専攻している大学二年生である。イタリア南部の素朴さを残した愛くるしい顔をしているが、イタリア映画で見るような個性的ラテン美人とは異なる。それだけに哲也には親しみがもて、彼女と話していると心が落ち着いた。イタリア語でゆっくりと、ごく簡単な表現を使って語りかけてくれる。哲也が聞き取れないと何度も繰り返し、時々片言の英語も交えて話してくれた。

ところが、よく聞いていると、彼女は、明日から故郷ブリンディジに戻り、八月末にペルージャに戻ってくるものの、その後は友人の女性と、自炊のできるフラットに移り住むとのことである。同じ下宿先に話し相手になってくれるイタリア女性がいると、大いに喜んでいただけに、哲也の失望は大きかった。

一方、哲也は店内のウェイトレスに目が奪われた。年齢は二〇歳前後であろうか、クラウディア・カルディナーレに似た典型的ラテン美人である。ミニスカートから綺麗な脚を惜しげもなく出して、店内のテーブルの間を飛びまわる姿に、哲也は呆気にとられて眺めていた。

ナディアは、そんな哲也の様子を見て苦笑しながら、

「哲也はよほどイタリア女性が好きなようね。彼女はアンジェラといって、この店のオーナーの娘よ。あとで紹介してあげるからそんなにじろじろと見ないこと！」

「でもびっくりした。映画に出てくる女優みたいな女性が、すぐ近くを動きまわっているのだから。やはりミニスカートは欧米の世界で映えるものだな」

「何をつまらないことを言っているの。それよりメニューを説明してあげるわね」

ナディアは丁寧に一つ一つ説明し、哲也はこれはと思うものをメモに書きとった。パスタはナディアの勧めに従い、スパゲッティ・アッラ・カルボナーラを注文した。卵とパンチェッタで作ったソースがなんとも言えない。スパゲッティといえば和製ナポリタンしか食べたことがなかった哲也は、初めて口に含んでその美味しさに目を丸くした。

そんな哲也にナディアは微笑みながら説明してくれた。

「イタリアの歴史では一九世紀に自由と統一を目指してカルボナリ党（炭焼き党）の反乱

があったの。彼らは山中に籠って革命活動を続けたので、日持ちのする食材で料理を考案したといわれている。それでパンチェッタ、卵、チーズを使ったスパゲッティ・アッラ・カルボナーラが誕生したわけね」

哲也は食事をしながら、すっかりナディアと打ち解けて、身振り手振りを交えて、自分が何故ペルージャにやってきたのかを説明しようと努力した。ナディアは優しく微笑みながら、時には片言の日本語を挟みながら耳を傾けてくれた。

食後に二人は中心街のヴァンヌッチ通りに出た。ナディアの案内で、裏の路地プリオリ通りに静かに佇むカフェ『セレーナ』に入った。

「ここは少し高いけれど、観光客や学生があまり訪れないから静かでしょう」

さほど広くない店内には二組の客がいるだけで、イタリア特有のワイワイガヤガヤとした雰囲気とは異なり、大人の落ち着いた空間である。静かに流れている曲がなんとも言えぬ美しい旋律である。多少ハスキーな男性歌手の歌い上げる甘く切ないメロディーに、哲也は魅せられた。歌詞は殆ど理解できないが、何か過ぎ去った自分の青春に引き戻されるような気がした。

「ナディア、この曲は誰が歌っているの？」

「シンガーソングライターのルチオ・バティスティよ。今イタリアの若者に一番人気のある歌手ね。曲名は『三月の庭』、私もこれを聴くと、心が純真だった女学生の頃に戻るような気がする」と説明してくれた。

「僕にとってカンツォーネといえば、ジャンニ・モランディとかジリオラ・チンクェッティの世界で、このような現代的なバラードを聴くのは初めてだ」

「彼らは一昔前の流行歌手ね。哲也もこれからイタリアの若者の心に耳を傾けないとね」

そういえば彼女は何故片言の日本語が話せるのであろう。日本への知識も高そうだ。

「ナディア、どこかで日本語を学んだの？」

彼女は頬を赤らめながら言った。

「私、マサという日本人と遠距離恋愛しているの……」

哲也は驚いた。ナディアが語るところによれば、一年前に伊藤正敏という日本人と、ここペルージャで出会って付き合いを始めたとのこと。伊藤は五井物産の社員で、哲也と同じようにイタリア語研修生としてペルージャにやってきて、ナディアと出会い、恋仲となった。五ヶ月前にミラノに移り、今は五井物産ミラノ支店勤務である。

「私は毎週のように手紙を出しているのだけれど、マサからは最近返事が来ない時がある。

電話をしてもなかなか捕まらないし……」と悲しげに呟いた。
哲也は、どうりで彼女が日本に詳しいわけだと納得した。それにしても、こんな可憐なナディアを放っておくなんて、と見知らぬマサに怒りと嫉妬を憶えた。

哲也は、ベルサリエーリ通りの下宿先に移ったものの、ナディアもいなくなってしまって、改めて異郷での孤独をひしひしと感じていた。イタリア語初級コースの開講まで一〇日ほどある。寂しさを紛らわすために、昼間は生活必需品の買い出しに出かけ、旧市街を歩きまわり、夜になれば薄暗いランプのもとで、東京の家族や友人に次々と手紙を書き綴った。

映画館にも入ってみた。『デカメロン』が上映されていた。有名なボッカッチョの物語をパオロ・パゾリーニ監督が映画化し、過激なセックス描写で日本でも話題になっていた。哲也はこの粗筋を知っていたので、言葉が分からなくともなんとかついていけた。館内は学生など若者で溢れ、皆が吸うタバコの煙で画面がくすんでいる。上映途中の合間で時事ニュースとなると、つまらないからやめろと騒ぎ出す、自動車レースの模様を伝える場面となると、途端に喜び出す。イタリアの若者の教養レベルの低さに呆れるとともに、国民性の違いに驚いた。

昼食は簡単にパンなどで済ませたが、夕食は栄養補給も考えて、多少値が張っても地元のレストランに繰り出した。パスタ、肉料理、地鶏と何を食べても美味しい。ある晩、名称の響きの良さに惹かれて「トリッパ」を注文した。勇んで食べてみたが、噛んでも噛んでも噛み切れない。さすがに辟易して残した。あとで辞書を引いてみたら「牛の胃袋」であった。

ナディアに案内してもらった『アルティスタ』には一日おきに通った。店主の娘、アンジェラの微笑と美脚を鑑賞するのも目的だが、なんと言ってもスパゲッティ・アッラ・カルボナーラが美味しい。日本にはない濃厚な味だけに、貪るように食べた。

そんな生活を続けていたある日、哲也は胃に痛みを憶えた。日本から携行した胃薬を服用したがおさまらない。一夜明けてますます痛みが激しくなる。赴任早々胃潰瘍か盲腸にでもなったのかとうろたえて、下宿の主人、シモネッタに相談した。彼女は、哲也の症状と今までの食事の内容を詳細に聞くと、「カモミッラ」という菊の花のハーブ茶を用意してくれた。これを二度、三度と飲むうちに、翌日には不思議と痛みが消えていった。イタリア料理はオリーブ油をふんだんに使うために、和食に慣れていた哲也の胃袋が音を上げたのであろう。

ペルージャの人口は一七万人で、ウンブリア州の州都である。その歴史は古く、紀元前四世紀頃に先住民族エトルリア人が丘の上に町を造った。エトルリア文化の遺跡や墳墓は今も数多く残っている。その後ローマ帝国支配の時代を経て、自治都市として強固な軍事力と経済力をもって栄えたが、一六世紀に法王パウロ三世の軍に敗れて教皇直轄領となった。街の中心は丘の上で、今でも中世の街並みをそのままに残している。無数のくすんだ赤レンガの壁の建造物の居並ぶ通りを歩くと、時代を間違って迷い込んできたかと錯覚しそうだ。多くの寺院と壁画が野ざらしとなっているが、さほど損傷を受けることなく現存していることは、文化遺産に対するイタリア人の理解の深さを窺わせる。

今やペルージャは、総合大学だけでなく外国人大学も存在する国際学園都市でもある。ペルージャ総合大学にはイタリア中部・南部から、外国人大学には世界各国から学生が集まってくる。統計によると、ペルージャ外国人大学の一九七二年度外国人登録者は五七〇〇名で、国籍は一〇〇国以上にも上り、七〇〇名のアメリカ人を筆頭に、スイス五二〇名、ギリシャ五一〇名、ドイツ三五〇名、フランス三四〇名と欧州各国が続く。本格的にイタリア語を学ぶと言うより、イタリア観光も兼ねて三ヶ月前後滞在する若者が多い。最近は、政情不安定な中東諸国やベトナムから逃げてきた者も多い。日本人登録者は一七〇名で、男性一〇〇名、女性七〇名、多くは二〇代である。ペルージャにそんなに多数の日本人がいるのかと驚くが、大学に籍をおいても実際には授業に出ていない者も多い。本格的にイタリア語学と文学を学びに来たもの、オペラ歌手を目指しているもの、絵画や彫金などを学びに来たもの、皮革職人を目指すもの、イタリアンレストランに修業にいくものと多彩であった。哲也のような企業派遣研修生はごく少数である。当時の日本では大学紛争も終焉し、学生の高揚感は失われ虚無感が広がっていたこともあり、目的もなく日本から逃げ出してきたという若者も多かった。

このようにペルージャは、本来の地方都市住民の社会と、外国人大学を根城とした社会という二つの側面を持っている。そしてこの二つの世界の接点に登場するのが、近郊農民の金持ち息子である。夕方になるとスポーツカーでヴァンヌッチ通りに乗りつけ、所在なくカフェテラスにたむろしている外国人女性に近づく。五月から九月にかけてヴァンヌッチ通りは、散歩やショッピングで行き交う住民と外国人で溢れ、活気に満ちていた。

第四章　ペルージャ外国人大学と愉快な仲間たち

六月五日、ペルージャ外国人大学で、イタリア語初級速修一ヶ月コースが開講され、哲也の学生生活が始まった。

イタリアでの留学研修期間は二年ほどである。本来のスケジュールとしては、ペルージャ外国人大学で七月からイタリア語初級三ヶ月コースを受講し、その修了試験に合格すれば、引き続きイタリア語中級コースに進む。翌年一月にはジェノヴァに移り、ジェノヴァ大学政治経済学部の聴講生となる。最後は日興商事ミラノ支店に移り帰国準備をして、一九七四年五月には日本へ戻る。まことに贅沢な二年間の海外研修である。

ミラノ支店長高松昭夫は、哲也が少しでも早くイタリア生活に慣れるようにと、本社人事部とかけあって、予定より一ヶ月早く赴任させ、特別にイタリア語初級速修一ヶ月コースを受講させることにした。速修コースだけに、ある程度イタリア語を勉強してきたものを対象としており、受講生もイタリア旅行の準備のために来ているもの、あるいはイタリア語をブラッシュアップするために来ているものが半数を占めていた。従って哲也が出発前に文法書で学んだ直接法現在形は一日で終え、翌日には直接法近過去形に入るという速さであった。哲也は必死になって授業についていった。週四日、二〇時間の講座であったが、夕食後には三時間の自習をする猛勉強を続けた。文法中心の授業だが、イタリア文学、絵画の紹介にもかなりの時間をあてていた。ある時ダンテの『神曲』の一部の朗読と解説があった。哲也には内容は難しく、さっぱり理解ができなかった。しかし、ダンテはイタリア現代語学に多大の影響を残した偉人だと紹介して、滔々と語るジャコモ教授の姿に魅了された。そんな授業環境なので、哲也は自分でも驚くほどに日常会話力が上達していった。

哲也のクラスは総勢六〇名ほどで、多くは欧米人であり、イタリア語の習得も速い。そこにアラブ人、そして僅かの黒人が交じっている。アラブ人生徒は遅刻をするし、教科書を持ってこない者もいる。そのくせ態度は大きい。若い欧米女性を目当てに出席しているとしか思えない。

日本人も哲也以外に男性三名、女性二名が授業に参加していた。授業の合間の休憩時間に言葉を交わし、すぐ親しくなった。酒井理恵はまだ二〇歳、歌手ジャンニ・モランディに憧れて以来、イタリアの文化と料理に興味を持つようになり、思い切って狭い日本を飛び出しイタリアにやってきたとのこと。いずれフィレンツェに移り、レストランでシェフ見習いをすると聞いて、哲也は二〇歳とは思えぬ彼女のチャレンジ精神に驚いた。外国人女性に交じると未成年にしか見えないが、躍動感溢れる可愛い乙女である。石塚美紀は二六歳、大学卒業後、上野の美術館に勤務していたとのことだが、イタリア文学と美術を学ぶために語学留学とのこと。日本を離れたい事情でもあったのか、自分の過去や身の上のことは話したがらない。少し翳があるものの、心温かい知的な女性である。深田則夫は二二歳で、将来はカバン職人になろうとイタリアに修業にきた。しきりに酒井理恵にアプローチをしている。菊井卓次は、総合商社紅忠商事からイタリア語学研修生として派遣された。年齢も哲也と同じ二六歳で慶桜ボーイの典型である。鈴本一誠は二四歳、西都大学法学部を卒業後、文学部に入り直したものの、一年で退学してイタリアにやってきた。一九六九年の西都大学学園紛争の際は、どうもノンセクト・ラジカルとして活動していたようだ。

皆言葉も分からずにペルージャで新しい生活に入っているだけに、お互いに情報交換をして助けあった。哲也は、同世代の菊井卓次と鈴本一誠とすぐに親しくなり、欧米式にファーストネームで呼び合うことにした。放課後には三人揃ってヴァンヌッチ通りに繰り出した。通りのど真ん中に位置するカフェ『カプリッチョ』のオープンテラスの一角に陣取って、道行く人を眺めながら夕食までの時間を潰すのである。

「一誠は何故文学部に入り直したの？　西都大の法学部を卒業していれば就職先には困らなかっただろうに。本当にイタリア文学をやりたかったの？」

「哲也さん、あまりそんなことを問い詰めないでくださいよ。でもね、父親が医者なので会社勤めする気持ちになれないし、医院を継ぐつもりもなかった。なんとなくイタリアのパルチザン運動に興味を持ち、イタリアに来てしまったのです」

卓次が口を挟んで、

「我々だって同じだよ。哲也は東京での業務に嫌気がさしてイタリア研修生に応募したのだろう？　俺も海外に行きたくて商社に入社したのに、よりによってどうして経理部なんだと憤慨して、海外研修生選抜試験を受けた。そして欧州各国の中では女性が一番魅力的なイタリアを選んだわけだ。ほら、通りの左手を歩いている二人連れのイタリア女性を見てごらん、まだ一七歳くらいだろうか？　こんな光景は日本では見られない」

「ミニスカートから流れるように伸びた美しい脚を眺めていると、我々は本当にイタリアに来ていると実感するね」と哲也が相槌を打つ。

「哲也さんも卓次さんも若い女性ばかりに気を取られていますね。それにしても、このヴァンヌッチ通りは国際色豊かで、欧米からの若い人で溢れている。よく見ると、この三〇〇(メートル)ほどの通りを、ただ行ったり来たり散策している人も多いですね」と一誠が口を挟む。

「おいおい、今度は右側から歩いてくる二人のスイス娘を見ろよ！　金髪をなびかせて恰好いいね」と卓次が驚嘆して声を上げる。しかし丁度その時に、足早に背後から来た浅黒いアラブ人男性二人が、声をかけているのが見えた。しかし彼女たちは、誘いを無視して昂然と歩みを止めることなく立ち去っていった。

「我々のクラスにも中東諸国からきたアラブ人がいるけれど、勉強をしないで女性のお尻ばかり追いかけている、何をしにペルージャに来たのだ！」と卓次が憤慨する。

「僕はかつて中東情勢を少しばかり勉強したことがあるのですが……」と鈴本が語り始める。

「ご存知のように、一九四八年にイスラエルが建国して以来、ユダヤ人とアラブ人との戦争は絶えることがありません。加えてパレスチナ解放機構が影響力を持つようになると中東諸国間でも紛争が起こるようになり、まことに政情不安定な地域となってしまったのです。そのような状況下で金持ちの息子たちは、欧米へと留学して逃避してきているのです」

「でも、何故あのように女性をしつこく追いまわすの？」と哲也が尋ねる。

「それは僕にもよく分からないけれど、多分国民性と、自国では未だ自由な男女関係が許されないところもあるからでしょう」

「日本を含めアジア人男性は、概して欧米女性と上手に付き合えないこともあって、なりふり構わぬアラブ人を僻んでいるふしもあるね」と卓次が苦笑する。

カフェ『カプリッチョ』に陣取って、一時間も二時間も通りを行き交う人々を眺めながらの会話は、懸命になってイタリア語習得に励む三名にとって、かけがえのない息抜きであった。


六月二三日にイタリア語速修一ヶ月コースは終了した。哲也はジャコモ教授の挨拶に感銘を受けた。

「皆さん、本日で一ヶ月コースは終了です。駆け足でとてもついていけなかった人も多かったと思います。しかし皆さんには、イタリアの歴史とイタリア語を学ぶ楽しさを知ってほしいと思い授業を進めてきました。これからイタリア観光に出かける人、三ヶ月コースで本格的にイタリア語を学ぶ人、と様々ですが、是非、街中でのイタリア人同士の会話に耳を傾けてください。最初は何を言っているか分からないでしょうが、必ずいつも耳にする慣用句が出てくるはずです。『そういえばジャコモの授業で教わったな』と気づくはずです。

それと、現代イタリア語の発展はイタリアの歴史に密接に結びついていると、説明してきましたが、一つ皆さんに言い忘れていました。『Ｃｉａｏ（チャオ）』の由来をお話ししておきたいと思います。これは「奴隷」を意味するＳｃｈｉａｖｏ（スキアーヴォ）に語源があると言われています。英語ではＳｌａｖｅですが、この言葉は、かつてローマ帝国が東に大きく領土を広げていった時代に、多くのスラブ人が奴隷として連れてこられたことに由来しています。ヴェネツィア地方ではこのＳｃｈｉａｖｏのことをＣｈａｖｏ（チャーヴォ）と言っており、それがいつしかＣｉａｏに変化していったのです。従ってもともとは『私はあなたのしもべです、なんでもご命令ください』というご主人様への挨拶の言葉であったわけです。これが何故か親しい間柄での挨拶の言葉に変遷してきたのです。私はこのＣｉａｏの由来に、イタリア民族が辿ってきた複雑な歴史と陽気なラテン気質が反映されていると思うのです。皆さんも、このシンプルだが奥深い『Ｃｉａｏ』という挨拶の言葉をどんどん使って、交流の場を広げてください。イタリア語は、いつも心の愛を表現しているのです。では皆さん、Arrivederci e Ciao a Tutti」

第五章　聖フランチェスコの街アッシジ

　哲也は、本格的なイタリア語三ヶ月コースが始まる七月三日までの一週間を利用して、ナポリ、ポンペイ、カプリ、そしてローマと駆け足で一人旅をした。二〇〇〇年を経ても、なお現存するローマ帝国の遺跡に度肝を抜かれ、また「ローマの休日」「甘い生活」などの映画で有名となった観光スポットに、自らが立っていることで感激のしっぱなしであった。ローマ滞在最後の晩には、ローマの下町、トラステヴェレのレストラン『サバティーニ』に入った。オープンテラス席で、食後のグラッパを飲みながら、道行く人を眺めるのがなんとも心地よい。横では流しのマンドリン弾きが、「アリヴェデルチ・ローマ」を唄っている。一人旅の寂しさもあり、郷愁に駆られたが、改めてイタリアに来て本当に良かったと実感し、哲也を送り出してくれた東京の人たちに心から感謝をした。

　ローマから鉄道でペルージャに戻る途上に、聖フランチェスコで名高いアッシジがある。観光必見の街で、ペルージャから東二五キロに位置している。哲也が赴任時に列車内で会ったパオラが住んでいる街である。大事に携行していた彼女の名刺を取り出し、思い切って電話をして、ちょっとアッシジに立ち寄りたいと言ったところ、彼女は快諾してくれた。おまけに駅まで迎えに来てくれると言う。なんと親切な女性なのだろう。

改めて名刺に記載された『Paola Orlando, Dottoressa, Restauratore di Beni Culturali』を訳してみた。学士であることは分かるが「文化遺産修復士」と逐語訳してみたものの今一つイメージがわかない。ローマ帝国時代の崩れかかった遺跡でも直す専門家なのであろうか。ともかく哲也が彼女に抱いた知的な印象にたがわない職業のようだ。

哲也は午後二時過ぎにアッシジ駅に到着した。アッシジは人口二万八〇〇〇人で、ペルージャの六分の一程度の小さな都市である。しかし、ウンブリア州屈指の観光スポットだけに、駅のホームは多くの人で華やいでいた。パオラを捜して周囲をきょろきょろと見回していたところ、遠方からにこやかに手を振りながら彼女がやってきた。

「チャオ、哲也、ようこそアッシジへ！」

哲也は、一〇年来の友人を迎えるようなパオラの暖かい微笑に感激したものの、緊張した面持ちで、

「パオラさん、この度はお忙しいところを、わざわざ御出迎えまでしていただきありがとうございます」とたどたどしいイタリア語で挨拶した。

「何をそんなにかしこまっているの。パオラと呼び捨てでいいのよ。それにしても一週間の旅にしては荷物が少ないわね」

「下宿の女主人が、言葉もろくにできない日本人が一人で旅行するのだから、窃盗、置き引きには、くれぐれも注意するようにと言っていましたので、身軽で旅に出ました」

「それは良い心がけね、ここアッシジでは私がついているからリラックスして平気よ」

　哲也は一人旅の緊張がすっかり解けて、心身が軽くなるような心地がした。

　丘の上の中心街までは五キロほどの距離である。パオラはフィアット５００のエンジンを全開にして、急坂道をぐんぐんと上っていく。哲也は、パオラの横顔を眺めながら、改めて彼女を観察した。身長が一六〇センチに足りないほどだから、イタリア女性としては小柄で、スリムな身体つきである。ラテン系女性特有の派手さはなく、地味な顔立ちだが、容姿全体から上品で知的な雰囲気が漂っている。哲也の視線が気になったのか、パオラが微笑みながら尋ねた、

「哲也、何をそんなに私をじろじろ見ているの？」

「いやー、パオラさんみたいな淑女でも、こんなにアグレッシブな運転をするのかと驚いているのですよ」

「そう？　イタリアの女性は皆こんなものよ。それよりいつまでも私に他人行儀な三人称（尊称）で話しかけないで、二人称（親称）で呼んでね」

「分かりました、これからはパオラと呼びます」

パオラの力強い運転で瞬く間に丘を登り切り、街の中心街を通り抜けて、さらに狭くて急な石畳の道を上って、一五分ほどで丘の頂上、ロッカ・マッジョーレ（大城壁）に到着した。

パオラの案内で車から降り立ってみると、そこからの眺めは素晴らしいパノラマであった。眼下には広大なウンブリア平野が広がっていた。遥か西にはペルージャのサン・ロレンツォ大聖堂まで見える。

「これは凄い眺めだ、あの丘の上の街はペルージャでしょう？　聳え立っているのはサン・ロレンツォ教会だ」

「その通り。このアッシジもペルージャと同様に、紀元前にエトルリア人によって集落が築かれたのよ。中世にペルージャとの戦いに敗れてその支配下に入ったけれど、その後も教皇領として繁栄してきたの。哲也もよく知っている通り、一二世紀に生まれた聖フランチェスコの街として、今でも世界中から巡礼に訪れる人々が絶えない」

「学生時代にフランコ・ゼフィレッリの映画『ブラザー・サン シスター・ムーン』を観て、聖フランチェスコと彼に仕えた貴族の娘キアーラの生涯を知った時は、遠い世界の話と思ったけれど、現にアッシジに来てみると、その物語も何か特別の感情をもって蘇ってきます」

「そうね、私はミラノ生まれだけれど、ここに移ってきて至るところに聖フランチェスコの精神が息づいているのが分かるわ。今からサン・フランチェスコ聖堂とサンタ・キアーラ聖堂を訪れましょう」

二つの聖堂は、中心街にあるサン・フランチェスコ通りで結ばれた東西両端に位置していた。哲也はパオラと肩を並べて散策する幸せをしみじみと感じていた。自分が高校生時代に戻って、修学旅行で日頃から敬愛する女性教師と、名所旧跡を訪れているようなウキウキした気分である。二人の会話はイタリア語と英語のちゃんぽんだが、驚くように意思疎通ができて、すっかり嬉しくなった。

哲也は、サンタ・キアーラ聖堂でシモーネ・マルティーニ作のフレスコ壁画『聖女キアーラ』を見て、未だ色彩も鮮やかなのに驚いた。また容貌が面長で一重瞼にも見え、ひとことで言えば非個性的な顔立ちである。宗教画ともなれば、このように描くのかと勝手に解釈した。サン・フランチェスコ聖堂内のジョット作『小鳥に説教する聖フランチェスコ』は壁画が経年劣化して色彩がくすんでいる箇所があるものの、人物の動きや表情が生き生きと描かれ、物語としての存在感に圧倒された。

哲也が驚いたのは、二つの聖堂を訪れると、守衛や館内係員がパオラに最敬礼の挨拶をするのである。それに応えてパオラは二言三言早口で答える。不思議に思いパオラに尋ねた。

「パオラ、何故皆が丁寧に挨拶するの？　ここアッシジでは有名人なのかな」

彼女はいたずらっぽく微笑んで、

「長くなるから、あとでゆっくりと説明するわね」

二つの聖堂の観光を終えた時は既に夕刻七時近くであった。今晩中にペルージャに戻るなら、二〇時半の列車に乗らなければ間に合わない。

「パオラ、お陰でアッシジの素晴らしさを満喫しました。名残惜しいけれど八時半の列車でペルージャに戻るつもりです。その前にカフェで食前酒でも一杯いかがですか？」

「今日は土曜日ね、哲也の初級三ヶ月コースは明後日の月曜から始まると言っていたわね。無理にお勧めはしないけれど、今夜は美味しいウンブリア料理を堪能して明朝ペルージャに帰ったらどうかしら」

「それは素晴らしい！　今の時期なら適当なホテルも見つかりますよね？」

「私が住んでいるマンションに予備の寝室があるから、そこに泊まって構わないわよ」

哲也は一瞬面食らって、パオラを凝視した。

パオラは哲也の驚きを察して優しく語りかけた。

「そんなに驚いて、ドギマギしないこと。何も私はあなたを誘惑しているわけではないのよ。折角だからアッシジの郷土料理をじっくり味わってほしいし、私の家に泊めることも、哲也を信用しているからなの。実は私は一〇年前に八ヶ月ほど東京の南多摩美術大学に留学していて、いろいろ日本の学生に世話になったの。日本の青年が礼儀正しいことを身に染みて経験したわ」

「ええっ、本当ですか！　そんな大事なことは早く言ってもらわないと……、南多摩美術大学で何を勉強していたのですか？」

パオラは、目をパチクリして唖然としている哲也の様子に微笑みながら、

「これも話を始めると長くなるから、食事をしながらゆっくりと説明するわ」

パオラは哲也をレストラン『ブーカ・ディ・サン・フランチェスコ』に案内した。〈聖フランチェスコの洞窟〉との意味である。中世の風情に溢れたシックな雰囲気である。ここでもパオラはよく知られているようで、オーナーシェフを相手に、長々と世間話をしたのちに、やっとメニューブックを広げた。そして哲也に分かりやすく注文の一つ一つを説明してくれた。

「ここウンブリア州は内陸だから、淡水魚もあるけれど、やはり肉料理ね。豚も野鳥も美味しいし、ウサギ料理もあるのよ。でも哲也の好みは分からないから仔牛料理が無難ね。多少お値段は高いけれど、スカロッピーネ・アラ・ボスカイオーラ（きこり風）はどうかしら？」

「パオラ、是非それにしてください。いつも一人でわびしく食べているから、今日は豪勢にいきましょう」

「それではメインディッシュは決まりね。次はアンティパスト選びだけれど、ここから四

〇キロほど東に行くと、ノルチャという小さな町があって、ハムとサラミなど食肉加工品の発祥の地なの。だからアンティパストはこれにしましょう」

「いいですね。サラミはイタリアに来て初めて食べることになるかな」

「ノルチャという町は秋になると黒トリュフの収穫でも有名なところで、イタリア各地から、それを食するためだけに人が集まってくるの」

「トリュフというと茶色というか白っぽいのでは？」

「そう、ノルチャでは黒っぽい。でも香りは白トリュフと変わらない。通常はパスタとかスカロッピーネに振りかけて食べるけれど、一グラム当たりいくらという感じで高額なものなの。ところでアンティパストのあとのパスタ料理だけれど、やはりウンブリア州名物のウンブリケッリにしましょうか」

「何ですか、それ？」

「原料は普通のパスタと同じ小麦だけれど、こしのある太麺ね。日本のうどんに形状が似ているの。具はポルチーニ茸にしましょう」

「素晴らしい、よだれが出てきそうだ！」

　パオラは微笑みながら、

「最後にワインの選択ね、これもウンブリア産を選びましょう。まずはオルヴィエートの白、そしてモンテファルコの赤でどうかしら」

「僕はいつもトラットリアでフラスコ入りの安価なハウスワインを飲んでいます。だからウンブリアを代表するワインを飲むなんて、本当に感激します」

哲也は、パオラによるメニュー選びの壮大かつ楽しいセレモニーに参加して、ただただ驚いて、彼女の提案に素直に頷くばかりであった。


哲也はパオラが選んだイタリア料理の一品一品に舌鼓を打ちながらも、自らを語るパオラの言葉に懸命になって耳を傾けた。パオラも、哲也が理解していないようにみると、英語で、時には片言の日本語で補足してくれた。

パオラはミラノ生まれで三七歳、フィアンセもミラノにいるが、今のところ結婚するつもりはないとのこと。イタリアではよく「Ｆｉｄａｎｚａｔｏ」という言葉を使うが、日本語に直訳するとフィアンセである。しかしここイタリアでは、婚約者を意味するのか、それとも単なるボーイフレンドなのか曖昧である。彼女は半年前に仕事の関係で、ここアッシジに移ってきて今のマンションに住んでいる。先日、列車で哲也に会ったのも、たまたまミラノに戻った際の帰途であった。

一二年前にミラノ大学哲学科を卒業したものの、将来の進路が定まらなかった。昔から興味を抱いていた文化遺産の関連で、フィレンツェにある文化財修復専門学校に入り直し、勉強を始めた。文化財修復士とは、傷んだ状態の絵画、壁画などを元の状態に戻すべく補筆、加筆する専門家である。単に技術施工を学ぶだけでなく、美術史や歴史などの知識を積むことが大切である。パオラの説明は専門用語を含むだけに、哲也にはなかなか理解できなかった。そのたびに彼女は我慢強く何度も繰り返し、または言葉を換えて説明してくれた。時には哲也に伊和辞典を開いて単語の意味を理解するように促した。メインのスカロッピーネが運ばれた頃には、とても料理を味わう余裕などなかった。

また昔から不器用で美術工作が不得意であった哲也にとっては、自分の経歴を語るパオラの顔が輝いて見えるばかりであった。

「哲也、そんなに真剣な顔をして聴かないで！　恥ずかしいじゃないの」

「いやー、僕の知らない世界なので、ただただパオラが眩しく見えるのです。それで南多摩美術大学に留学したのですか？」

「そう、南多摩美で外国人向けに日本画、油画の修復を学ぶ短期コースがあることを知り、一九六二年に、フィレンツェ専門学校の同級生と一緒に東京に行って参加したの。当時南多摩美は世田谷上野毛にあり、すぐ近くの女子寮に入れてもらったの。八ヶ月間日本に滞在したけれど、南多摩美の授業だけでなく、京都、奈良などに赴いて日本の文化遺産を見てまわったわ」

「パオラ、今になって分かりました。僕が五月にペルージャに向かう車中で、隣のおばさんは、僕を初めて見る日本人ということで、大変物珍しそうに見ていたけれど、パオラの視線はごく自然で、僕も心の緊張がほぐれるようでした」

「日本での滞在はたった八ヶ月だったけれど、日本人の礼儀正しさと奥ゆかしさには感心したわ。日本古来の文化と伝統に根ざした気質に感心しました。南多摩美の学生の年齢は、二〇歳から三〇歳までと幅広く、美術大学の特色なのか、個性的な自由人が多かったと思う」

「短期間でよく日本の若者を理解しましたね」

「よくコンパで皆がアンポ（安保）の総括だ、米国帝国主義はけしからん、と激しく議論を戦わせてたわ。私も何が起こったのかとハラハラしていると、そのうち男子学生は『上を向いて歩こう』を、女子学生は『下町の太陽』を歌い出したりして……、今思い出すと本当に懐かしい」

哲也は、パオラの口から「コンパ」という言葉が出てきたり、当時の流行歌の名前が出てきたので、啞然として彼女を見た。

「本当に当時の日本の若者の世情に詳しいのですね。びっくりしました。彼らは六〇年安保後のシラケ世代、僕は七〇年安保後のシラケ世代ですよ」

「哲也も学生運動をやっていたの？」

「僕はノンポリです、ノンセクト・ラジカルになろうと思ったけれど勇気がなかったのです」

「何それ？」

「これを説明するには時間がかかるからいずれ説明します。それより僕はたまたまパオラと車中で乗り合わせたことが、本当にラッキーだったんですね」

「そう、だから哲也に初めて会った時も、イタリアに留学してきた経緯を聞いて、あなたの育った背景とか環境も想像できたし、おまけに総合商社の日興商事も知っていましたよ」

哲也は「ありがとうございます」と深々と頭を下げた。

さらに、その後の経歴を語るパオラの言葉に、哲也はまたまた驚かされた。彼女は東京への短期留学を終え、フィレンツェの文化財修復専門学校に戻り卒業した。ミラノ大学在学中に臨床心理士の資格も取っていたので、ミラノに戻り、心理カウンセラーの仕事を始める傍ら、文化財修復の仕事にも携わるようになった。イタリア北部のベルガモやヴェローナに赴き、六ヶ月ほど滞在して、おもにルネッサンス時代の壁画の修復業務にアシスタントとして従事したとのことである。

「哲也はミラノのサンタ・マリア・デッレ・グラツィエ教会にある『最後の晩餐』の壁画はまだ見てはいないわよね？」

「見ていませんけれど、今度ミラノに行く機会には是非訪れたいと思っています」

「あの壁画は修道院の食堂の壁に描かれたので、湿気で特に劣化が激しいの。ダ・ヴィンチの最高傑作だけに、この修復は国家プロジェクトで、二年前から一〇名のスタッフで作業を開始し、私もそのプロジェクトチームの一員だった。そして今度は昨年から、ここアッシジに派遣されて、ジョットの壁画、『小鳥に説教する聖フランチェスコ』の修復プロジェクトチームの責任者になったという次第なの」

「本当ですか！　先ほどサン・フランチェスコ教会の人たちが、あなたを敬うように挨拶をするので、どうしてかと不思議に思っていましたが、やっとその理由が分かりました。パオラ、僕は凄い人と知り合いになったのですね」

「そんなに驚かないで。でもね、この仕事をしていると、イタリアの誇るべき歴史と遺産の中に生きていると実感できて、充実した毎日なの」

既に一〇時近くなので、店内は客もまばらとなってきた。

「哲也、デザートはティラミスに、食後酒はグラッパといきましょう」

「えっ、ティラミスってなんですか？」

「ティーラ、ミ、スー、でしょう、分かる？　つまり『私を天国にまで引き上げて！』というほど美味しいものなの。大人のドルチェよ」と微笑みながら解説してくれた。

レストランには三時間ほどいたであろうか、哲也は、ナイフとフォーク、時には伊和辞典を手に取り、初めての本格的なウンブリア料理、そしてパオラとの会話に奮闘し続けた。

パオラの住居は、レストランから車で五分ほどの距離で、丘の中腹に立つアイボリー色の洒落た三階建ての二階である。リビングと二つの寝室など一〇〇平方メートル以上もあるフラットに哲也は驚いた。そもそもイタリア人の生活レベルが日本とは格段に違うのか、それとも文化財修復の責任者としての立場からレベルが高いのか、哲也には分からない。リビングからは、静かに眠る夜のウンブリア平野を眺めることができた。

パオラは酒が強かった。二人はブランデーグラスを傾けながら、語り合った。彼女は心理カウンセラーとしても、時々鬱病患者を診ていて、多くの人が人間関係でストレスをかかえている状況を説明してくれた。哲也は卒業当時に大学紛争に遭遇したこと、自分はその闘争に主体的に参加しなかったことが、何故か今でもトラウマみたいになっていることを話した。イタリア語で、時には英語を交え、時には日本語の単語を持ち出して語り合った。

パオラはイタリアの女性としての派手さはないものの、知性がにじみ出ている魅力的な女性である。哲也は、今日の午後にアッシジの駅に降り立って以来、彼女がいつも自分を温かく見守ってくれる姉のような存在に思えてきた。

パオラが用意してくれた寝具は、下宿先と違って快適だ。哲也はそれにくるまり充実した一日を振り返りながら、いつの間にか深い眠りについていた。

第六章　男女六人夏物語

七月三日、本格的な初級三ヶ月コースが始まった。速修一ヶ月コースと同じジャコモ教授が担任で、生徒は五〇名ほどである。欧州からの生徒が多いが、中東、北米、オーストラリアからも相当数来ており、まさに人種のるつぼである。女子が七割を占め、おまけに二〇代から三〇代の若い女性が多く、まことに華やかである。日本人は、速修一ヶ月コースから継続して、村上哲也、菊井卓次、鈴本一誠、女性では石塚美紀。そこに六月末にペルージャにやってきた五井物産の研修生、吉本勝重が新たに加わった。速修コースにいた二〇歳の酒井理恵は、フィレンツェの語学学校に移ってしまい、カバン職人、深田則夫も彼女を追いかけていった。吉本勝重はイタリア語をあらかじめ学ばずに、初級三ヶ月コースにいきなり入ったので、授業についていけずに早々と脱落していった。おまけに彼は、イタリア赴任前に日本で付き合っていた女性が、ペルージャまでしつこく追いかけてきて、落ち着いて勉学できる状態ではなかったのである。哲也は、そんな吉本を見て、同じ研修生の面汚しと軽蔑するとともに、いつも親身に哲也のことを気遣ってくれる日興商事に改めて感謝した。

哲也などの速修一ヶ月コース参加組は、最初は余裕を持って授業に参加していたが、しばらくすると欧州各国からきた生徒たちに追いつかれた。彼らは母国語の方言を学ぶような感覚で、イタリア語学習に臨んでいるので、気楽であるし進歩も速い。従って二ヶ月目に入ると、哲也たち日本人は、今までの優等生としての立場が危うくなってきた。相変わらず若い女性の尻を追いかけてばかりいるアラブ人を、にがにがしい思いで見ながらも、まじめに予習、復習に取り組んだ。週五日二〇時間の授業で、文法、読解、作文、会話と盛りだくさんである。哲也は、休憩時間には日本人仲間と、敢えてイタリア語で会話をしたり、イタリア文法に強い鈴本一誠を誘って、下宿先でニコラ・ディ・バリの『恋のジプシー』のカセットを二人で幾度も聴いては、イタリア語の歌詞全文を書きとる努力をした。哲也は、かつて大学の階段教室で学んだ時代を思い出し、勉学に飢えていたかのように、イタリア語を学ぶ喜びを実感した。このような時は、まさに日々の進歩が目に見えて分かるものである。

イタリア語漬けの毎日だが、女好きの菊井卓次は実に要領がよい。同じクラスのスイス三人娘に目をつけ、哲也を誘っていつも彼女たちの後ろの席に座るようにした。教室は扇形の階段教室で、三人娘は最前列中央に陣取り、懸命になってノートをとる。哲也と卓次は、その真後ろに座り、休憩時になると話しかけるのである。二人とも授業態度はまじめなので、彼女たちも次第に会話に乗ってくるようになる。引っ込み思案の鈴本一誠も引っ張り出して、時折六名で会食をするようにもなった。互いに「マルゲリータ、アンナ、スザンナ」、「テツヤ、タク、イッセイ」とファーストネームで呼び合って、つたないイタリア語での会話を楽しむようになった。彼女たちはみな年齢二三歳の薬剤師で、夏に長期休暇をとってイタリア語習得と観光のためにペルージャにきた。長女役のしっかり者のアンナ、次女役で茶目っ気のあるマルゲリータ、末っ子役で控えめなスザンナである。三人ともスイス女性にしては一七〇チセン前後の小柄ながら、均整がとれた容姿で、青い目と金髪が実によく似合っている。いつも長い脚を惜しげもなくミニスカートから出しているので、目のやり場に困ってしまう。哲也たち三人は、休憩時間になると、つたないイタリア語で彼女たちとの会話に挑む。一方、彼女たちも、文法には強い哲也たちに敬意を抱いたのであろうか、喜んで会話に応ずるようになった。双方とも、話すべき話題をあらかじめ考え、イタリア語でどう表現するかを勉強するので、学習効果がますます上がることになる。

授業終了後、時には六名で、学生向け食堂『ラ・ボッテ』や、カフェ『カプリッチョ』を訪れてワイワイガヤガヤと談笑した。「もしも君たち三人が銀座を歩いたら、たちまち人だかりになり、交通渋滞になってしまう！」などの仮定文を、卓次が習ったばかりの接続法と条件法を駆使して、たどたどしいイタリア語で表現すれば、皆が手をたたいて爆笑する……、このような他愛のないことを繰り返し、清く正しい日本の三人の若者は、生きた会話を学ぶ良い機会だと屁理屈をつけては、集団デートにいそしんだ。

八月下旬に、ペルージャから南に四〇キロほどのところに位置するオルヴィエートにドライブをした。レンタカー二台に分乗したが、先頭車は卓次が運転して、一誠とアンナ、スザンナを乗せる。後続車は哲也とお気に入りのマルゲリータである。卓次は大学時代には自動車部に所属していたので運転はお手のもの、一方哲也は慣れない右側通行には少々自信がない。卓次たちは、三人娘の中ではマルゲリータが最も哲也をアシストできそうだと気を遣って、二人だけにしてあげたのである。
　オルヴィエートまでの道のりは、平坦な片道二車線道路であり、哲也もなんとか卓次の車についていった。行楽日和の日曜なので随所で渋滞してしまう。そのたびに哲也は横のマルゲリータに微笑みかける。しかし彼女のミニスカートから伸びた白い脚が目に入り、ドギマギしてしまう。

「哲也、あまり私をじろじろ見ないでね。今日は授業でもないし、少しお化粧してきたのよ」

「今日の装いは、また一段と君をチャーミングに見せている。ふるいつきたくなる」

「そんなに挑発的かしら？　このミニスカートもよそゆきなの」

「君は今年二月に開催された札幌オリンピックのアルペンスキーで、金メダルに輝いたスイスのナディヒを覚えているかな？」

「勿論覚えている、ナディヒの滑降はテレビにかじりついて見ていたわ」

「そうか、実は僕は君を見るとナディヒを連想して、ひそかに『オリンピック娘』とニックネームをつけたんだ」

「そうなの、ありがとう！　私はもともと体操選手だったのだけれど、スキーも指導員の資格を持っているの」

「でも最近は僕を惑わせるから、ニール・セダカの『小さな悪魔』に改名させてもらいました」

「何を馬鹿なことを言っているの、しっかり前を見て運転しなさい！」

急に前方の視界が開けて、平野の中に、ぽっこり盛り上がった島のようなオルヴィエートの街が見えてきた。歴史は古代ローマ以前のエトルリア時代までさかのぼる古い街である。中世からルネッサンス時代にかけて、教皇直轄領として栄華を極めた。

卓次と哲也の車は、くねくねとした坂道を上り切って、丘の上の駅前広場に到着し、駐車場を見つけた。そこから徒歩で、旧市街に聳え立つ大聖堂に向かい、カヴール通りを上っていった。左右にレストランや土産物屋が並ぶ小路を、皆でワイワイと語り合いながら、そぞろ歩きするのも楽しいものである。卓次がいつものように接続法と条件法を使って「もしも我々がルネッサンスの時代に舞い降りたら、きらびやかな貴族の衣装に身を包み、このカヴール通りを散策していたであろう」などとつまらぬセリフで皆を笑わせた。

大聖堂の黄金色に輝くファサードの前で六名揃っての集合写真を撮った。

「今度はカップルごとに撮ろう。僕とアンナ、哲也とマルゲリータ、一誠とスザンナだな」と卓次が提案した。

卓次はアンナの腰を強引に抱きよせて、おどけて唇をアンナの方に突き出すポーズをとり、アンナは笑いながら顔を遠ざけて鬼のポーズで答える。皆が爆笑する中で、卓次はちゃっかりとアンナの頬にキスをしていた。

「僕たちはどんなポーズで撮ってもらおうか？」と哲也はマルゲリータに尋ねた。

「熱々カップルでいきましょう！」とマルゲリータは哲也の腕をとり、横にぴったり寄り添ってきた。哲也は彼女のゴム鞠のような胸の感触に狼狽しながら、目をパチクリとさせていた。カメラを構えた卓次が叫んだ、

「哲也、これではまるで小悪魔に誘惑された少年みたいだ！」

一同、また笑い転げた。

大聖堂の回廊の奥に入って、ルカ・シニョレッリのフレスコ画を観た。新約聖書「黙示録」からテーマをとって一連の物語が劇的に描かれている。ルネッサンス絵画に詳しい一誠が、皆にその解剖学的表現の素晴らしさを解説し、女性三名は熱心に聴き入っていた。哲也はそんなマルゲリータの横顔を眺め続けていた。

その後、大聖堂の広場の一角にある『ジリオ・ドーロ』で昼食を取った。哲也はめぼしいレストランをあらかじめ調べ、ここに決めていたのである。

「哲也がいろいろ下調べをしていたので、メニュー選びも任せよう」と卓次が提案し、皆

は「お願いします！」と一斉に声を上げた。

「そうだね、オルヴィエートは地域伝統の食材に力をいれている街で、特にウンブリア特産のものが美味しい」と哲也は得意げに答え、地元の生ハム、サラミ、ポルチーニ茸、そしてパスタはウンブリケッリ、メインはサルティン・ボッカ（仔牛のソテー、口に飛び込むとの意味）と次々に注文していった。ワインは勿論オルヴィエート・クラシコの白。女性たち三名は、哲也の手際よさに目を丸くし、マルゲリータは感嘆した面持ちである。哲也は、ますます調子に乗って、

「オルヴィエート・ワインはウンブリア地方では最古のワインで、エトルリア時代からブドウ栽培が始められたそうだ。この土地特有の凝灰岩の洞窟の中で貯蔵するので、それほど発酵が進まず、糖分を残したままで比較的甘いワインに仕上げているわけだ」と事前に勉強してきた知識をひけらかした。

「一誠はイタリア美術鑑賞の先生、哲也はメニュー選びの先生、そして卓次はイタリア語文法の先生なのね」とアンナが茶化す。

「そうなんだ、もし君たちが僕の生徒だったら、昼も夜も人生をお教えしましょう」と、卓次はまたまた仮定法を使って、皆を笑わせた。

哲也たちは、ペルージャに来てから、本格的なイタリア料理を味わう機会も多かった。しかしアンナたちは、薬剤師として働きながら貯金して、ペルージャにやってきたわけで、日々の生活はまことに質素な食事で済ませている。彼女たちが、半ば興奮して、メニュー一つ一つに舌鼓を打ち、喜び合う姿を見て、哲也は本当に愛おしく思った。今回は日頃の親睦に感謝するという意味で、男性陣が御馳走することにしていたので、心置きなく注文することもできた。

哲也は食後に、ハーブ酒、オルヴィエタンを注文した。

「哲也、もう私はいい気持ちで、これ以上お酒は無理よ」とマルゲリータが、ピンクに頬を染め、艶やかな美しさで、哲也に甘えるように語りかける。

「マルゲリータ、無理にとはいわないけれど、ちょっと味わってみては？　二五種類のハーブをブレンドした薬用酒で、胃の消化に効くとのことだ。ルイ一四世やローマ教皇も愛用していたと言われている」

「私はこう見えても、アルコールには強いの、ちょっと味わってみよう。今日のオルヴィエート訪問は、お陰様で凄く楽しかった。笑い過ぎて目尻のしわが増えたかも」といつもは控えめなスザンナがグラスに手を伸ばす。

「こうしてイタリア語を共に学ぶ男女六人、それも国籍を超えて親しくなり、イタリア文化と料理を一緒に満喫する……、なんだか夢みたい。故郷に帰ったあとも、今日のことは懐かしく思い出すでしょう。哲也、卓次、一誠、本当にありがとう」とアンナが締めくくった。

初級三ヶ月コースも終盤に入った九月一五日金曜の晩に、哲也たち三人はスイス三人娘の下宿先に招かれた。九月二三日に彼女たちがスイスに帰るので、お別れパーティを開くこととなったのである。哲也たちは京人形のお土産とワイン五本を携えて訪問した。彼女たちの下宿先は、小さなキッチンが隣接している四〇平方メートルほどの大部屋で、三つのベッドを窓際に押し付けて空間を作り、そこに小テーブルと椅子とを並べて哲也たちを迎えてくれた。テーブルには、既に野菜スティック、サラミ、生ハム、など酒のつまみが並べられており、彼女たちはキッチンで料理の準備で忙しい。男たち三人は椅子に腰かけてワインを飲み始めたものの、手持無沙汰で、部屋の中をきょろきょろと眺めまわしていた。哲也は立ち上がって、ベッド脇の写真立てを見に行った。彼女たち三人とも、それぞれ恋人と仲良く写っているショットである。マルゲリータの彼氏は、地元小学校の教師と聞いているが、いかにも誠実なタイプの男性に見えた。仲睦まじい二人を見て、哲也の心には、何故か嫉妬心みたいなものが湧いてきた。

料理の支度も調い、彼女たちがキッチンから運んできたのは、アルプス山岳地帯の鍋料理チーズフォンデュであった。哲也は、かつて一度だけ東京四谷の『スイスシャレー』を訪れたことがあり、そのユニークな料理を鮮明に覚えていた。関西育ちの一誠は、今まで味わったこともないだけに、運ばれてきた鍋と色とりどりの食材を前に、目を丸くした。

「皆さん、チーズフォンデュの説明をします」とアンナがしゃべり出した。

「フォンデュとは、フランス語の〈溶かす〉の過去分詞に由来します。今日はエメンタールチーズを溶かして、そこに白ワインとサクランボの蒸留酒キルシュを隠し味に使っています。ここの具材をフォークに刺して、溶けたチーズを絡めとって食べてください。ペルージャでは、思うように具材が手に入らないところを、私たち三人で頑張って揃えました。魚介類は手に入らず残念だけれど、ソーセージ、ベーコン、うずらの卵、ジャガイモ、ピーマン、ブロッコリ、ミニトマト、きのこ、そしてフランスパンのバゲットです。思う存分スイスの郷土料理を味わってください」

「素晴らしい！　僕は東京のレストランで一度味わったきりだ」と哲也が感嘆の声を上げた。

「スザンナ、僕は初めてなので、食べ方を教えてね」と一誠が甘える。

「男女六人、あたかもこのチーズフォンデュのように、まろやかに、とろけるように一体となる夏の宵かな」と、卓次がまた接続法と仮定法を使って、訳の分からぬことを言った。

「三ヶ月間お世話になりました。アンナ、マルゲリータ、スザンナ、我々は、ここペルージャで忘れえぬ出会いをしました。皆さんに感謝を込めて乾杯！」と哲也の音頭で、皆はグラスを挙げた。

ワインボトルを三本あけたあたりで、かなり酔いが回ってきた。もともとチーズフォンデュには、白ワインとキルシュを混ぜ合わせているので尚更である。

話題は、彼女たちの恋人のこととか、薬剤師の業務内容とか、他愛もない話で時が過ぎっていったが、いつしかマルゲリータの体操選手時代の話題に花が咲いた。高校時代にはマット運動でスイス全国大会に出場したこともあったとのことだ。

「私のマット運動の演技を見せてあげましょうか？」と、誘い込むような目つきでマルゲリータが哲也たちに語りかけた。

男たちは虚を突かれて、どう返事をして良いものか戸惑った。

「マルゲリータ、酔っ払っているのに危ないわよ」とアンナが注意した。

「このくらいの酔いなら平気、平気！」と彼女は窓際に寄せた三個のベッドを、改めてしっかりとくっつけ、表面に凹凸ができないように、毛布とタオルケットで整え直した。

男たちは何が起こるのかと、固唾を吞む。アンナだけが「聞き分けがないんだから……仕方がないわね」と苦笑する。

「まずは準備体操から始めます」とマルゲリータはベッドの上に仰向けとなって横たわり、両脚を天井に向けて、腰から直角に真っ直ぐ上げた。その後ゆっくりと左右に一八〇度開脚し、またゆっくりと元の姿勢に戻す、との動作を繰り返した。今日はスラックス姿だからまだよいが、ポロシャツの裾がめくれて、色白のくびれた腰が丸見えで、なんともなまめかしい。次に、上半身をぴったりと下半身につけた前屈姿勢をとったと思ったら、真っ直ぐ伸びた両脚を抱え、腰を軸にしてV字姿勢をとった。哲也は、ドギマギしながらも目が離せず、何故か深夜番組「イレブンPM」でのベッド体操を思い出していた。

「皆さん、これからフィニッシュに入るから、そこのテーブルをどけて！」とマルゲリータは指示した。男たちは慌てて動きまわり、ベッドの左側に広い空間を作った。さいわい天井は高い。何が起こるのかと皆が不安げに見守る。マルゲリータは、まさにオリンピック選手のように、さっと姿勢を正すと、突然ベッド左端で直立不動の逆立ちをした。そして一瞬静止したのち、身体を丸めて。鮮やかに前転宙返りを決めた。皆は拍手をするのも忘れ、唖然としてマルゲリータの上気して輝く表情を見つめていた。

その後、マルゲリータがインストラクターとなって、男たち三名が柔軟体操の指導を受ける教室と化した。夜半過ぎまで身体を捻って、ドタン、バタン。とうとう家主がいい加減にしろと、警告に来る始末であった。

哲也が下宿先に戻ったのは一時過ぎであった。興奮は収まらず、マルゲリータの跳ねる姿がいつまでも脳裏から消えず、とても寝つける状態ではなかった。

九月二一日、初級三ヶ月コースの最後の授業があった。哲也は、マルゲリータの横に、ちょこんと座るのも、これが最後だなと感慨に耽る。ジャコモ教授は、皆へのはなむけに、と、ダンテの詩文集「新生」からの一文を朗読し解説してくれた。そこには美少女「ベアトリーチェ」へ恋焦がれるダンテの熱情が謳われていた。哲也は涙ぐむばかりに聴き入っていたが、ふと横のマルゲリータを見遣ると、少々退屈そうで上の空という表情である。既に心は故郷の恋人のところに馳せているのであろうか。哲也にとっては、まさにベアトリーチェならぬ、ディアヴォレッタ（可愛い悪魔）であった。

九月二三日、スイス三人娘の帰国の日が来た。ワゴン車を借りて卓次が運転して、テロントラ駅まで見送りに行くことにした。そこで彼女たちは列車に乗って、一気にイタリアとスイスの国境の街キアッソを抜けて、チューリヒに向かうのである。ワゴン車の中では、専ら彼女たちの故郷の話になった。インターラーケンが近いから、冬にでも集まって皆でスキーをしようなどと、別れの寂しさを紛らわす話題で盛り上がったものの、一方では、そのようなことはまず起こらないだろうと、皆冷めた気持ちでのカラ元気であった。

一時間ほどでテロントラ駅に着き、ホームでローマからの列車を待った。皆は、彼女たちのスーツケースを前に、円陣を組んでワイワイとしゃべる。卓次が「もし列車が定刻通りに来たら、マルゲリータは前方宙返りをしなければならない！」とまた接続法と仮定法を使って言うと、皆が爆笑した。マルゲリータは笑い転げている。一人寡黙になってしまった哲也は、そんな彼女を複雑な思いで見遣っていた。

「ほら、列車が見えてきた！　たった一〇分遅れだ」と一誠が叫んだ。

「そんなにイタリア鉄道も優秀なら、代わりに私が褒めてあげる」と言って、アンナが卓次の頬に軽くキスをした。卓次は目を丸くした。

哲也がマルゲリータのスーツケースを抱えて、真っ先に列車に乗り込んだ。卓次、一誠もそれに続く。列車内の奥に進んで、やっと彼女たち三名が一緒に座れるボックスを見つけた。マルゲリータが乗り込んできた。目と目があってしばし互いに無言。マルゲリータが握手しようと手を差し出そうとした瞬間に、哲也は彼女を強く引き寄せ抱きしめて「キスをしてもいい？」と耳元で囁いた。彼女は一瞬驚いた顔をしたが、顔を赤らめて「いいわよ」と微笑んだ。ほんの三秒ほどの甘い口づけであった。哲也は「チャオ、ミア・ディアヴォレッタ（私の可愛い悪魔）」と耳元で囁いた。

哲也たち三人はホームに降りる。乗降口の窓からはスイス娘三人が首を出す。哲也はマルゲリータの顔を見つめながら発車を待つ。「元気でね」「ごきげんよう」「本当にありがとう」と言葉が飛びかう。列車が動き出した。三人娘の手を振る姿が窓から消えるまで、哲也たちは両手を振り続けた。最後に「Ａｄｄｉｏ！」という叫び声が聞こえた。列車が視野から消えるまで男たちは立ち続けていた。

「哲也、Ａｄｄｉｏは、Ａｒｒｉｖｅｄｅｒｃｉと違って永遠の別れの時に使う言葉だよね。やはり彼女たちにとっても切ない別れだったんだ」と卓次が呟いた。

こうして男女六人夏物語は終わりを告げた。

第七章　商業の都ミラノから花の都フィレンツェへ

九月下旬、村上哲也は、日興商事高松支店長に研修報告をするために、四ヶ月ぶりにミラノを訪問した。初級三ヶ月コースの試験結果は、文法は満点の三〇点、会話二八点、作文二八点、書き取り二六点、と好成績であったので、哲也も胸を張って日興商事ミラノ支店に出向いた。

夕食は支店長宅で御馳走になった。日本料理は五月に日本からミラノに到着した晩に、同じ淑子夫人の手料理を御馳走になって以来である。筑前煮、イカと中トロの刺身、椎茸の入った茶碗蒸し、牛肉のみそ漬け焼きなど、そしてホカホカに蒸した白米と赤だしの味噌汁。哲也は一つ一つの料理に、大きく頷き、淑子夫人に「美味しい！　ありがとうございます」と感謝の言葉を連発しながら貪り食べた。そんな様子を淑子夫人は優しく微笑みながら尋ねた。

「村上さん、ペルージャに日本料理屋はないとしても、中華料理屋はないの？」

「田舎都市に、そんなものはありませんよ。ローマに旅行した時に、トレヴィの泉の裏道に『ヤマト』という看板を見つけて入ったものの、中国人の経営する店でした。ラーメンを注文したのですが、なんとも訳の分からぬ味でした」

「イタリア料理はパスタもあり、日本人には向いているので、イタリアンレストランで接待することが殆どだけれど、既に欧州を回ってきた人たちは、洋メシに疲れたので和食を望む人もいる。そんな時は、ここ自宅で接待することも多いんだ。なにせ、ここミラノには『えんどう』という日本料理屋が一軒あるだけだからね。魚とか野菜は、なんとか一般の店で買えるし、椎茸、納豆などは『ポポロ屋』という日本食材店で手に入る」と高松が説明した。

「でも、よくこんな美味しい中トロが手に入りますね、どこから購入されたのですか?」

「週末になると、近くの広場でオープンマーケットが開かれ、そこの鮮魚店でたまにトロが並ぶわけ。それを我々が目ざとく見つけて買いに走るのよ。昔は捨てていたトロの部分が、日本人が買うことを知って、今ではすっかり高値になってしまったわ」

　哲也は、海外駐在員の知られざる苦労に、改めて感謝しながら淑子夫人の手料理を味わった。

食事中には、哲也の研修生活にも話題が及んだ。高松支店長としては、哲也が異国での生活で精神的に落ち込んでいないか、また食事はちゃんと取っているかをまずは心配していて、確かめたかった。しかし哲也が、スイス三人娘との交際を茶化して話す姿を眺めながら、大いに安堵していた。日興商事ミラノ支店として初めての研修生が、無事現地に溶け込み、おまけに試験の成績も申し分ない、いろいろ哲也のことを気遣った甲斐があったと喜んだ。

食後は居間に場所を移して、レミーマルタンを片手に寛いだ。

「ところで村上君、ペルージャには五井物産の研修生もいるだろう？　君は彼から何か聞いていているかな」

「五井物産からは吉本勝重が派遣されてきて、同じクラスにいましたけれど、あまり親しくはしていません。何かあったのですか？」

「そうか、聞いていないのか。実は五井物産の社員で、イタリア語研修生として派遣され、ペルージャで勉強したあと、ミラノ支店に移って勤務している駐在員がいる。その彼がミラノ支店勤務のイタリア女子社員と仲良くなって、彼のアパートの部屋に一緒に居る時に、たまたまペルージャ時代の彼女が訪ねてきて、二人のイタリア女性が鉢合わせして大騒動になったとのことだ」

　高松支店長の話を聞きながら、哲也はすぐに伊藤正敏とナディアのことだと分かった。しかしナディアをよく知っていることは、口にしなかった。

「そうですか、それで結末はどうなったのですか？」

「五井物産の支店長も大変困ったようだが、結局はその駐在員とミラノ支店女子社員を婚約させることでけりをつけたようだ」

「そうですか……」

「まあ、ここイタリアの女性は日本女性に比べればよっぽど封建的だから、村上君も気をつけることに越したことはない」

「村上さんから、先ほどのスイス三人娘との夏物語を楽しく聞かせてもらったけれど、村上さんはどこか芯で冷めていて、自分を見失わない方だから、全く問題ないと思います。あなた、杞憂ですよ」と夫人が暖かく弁護してくれた。

　哲也は高松支店長の話を聞いて、あのナディアの可憐な顔が涙で曇る表情を想像して、暗澹たる気持ちになった。

翌日哲也は、日興商事と同じビルの一階に店舗を構える東都銀行ミラノ支店に赴いた。イタリアに唯一進出している邦銀である。

哲也は窓口で、口座からの引き出し手続きをおこなった。担当のイタリア女性が奥のコーナーに向かう姿を、ぼんやりと眺めていたが、その奥に座る日本人がじっと哲也を見つめていることに気がついた。

「あれっ、どこかで見覚えのある顔だな」と思って哲也は改めて凝視した。彼は一瞬目を逸らしたが、気づかれてしまった以上仕方がないという雰囲気で、席を立って哲也に近づいてきた。

「そうだ、中山和雄さんだ！」

丁度五年前の一九六七年の秋に、政治学ゼミの懇親会があり、一年先輩の中山和雄と隣席になった。彼は当時、東都大学民主青年同盟の幹部であった。民青にありがちな教条的タイプではなく、哲也には社交的に人と接する人格円満なタイプに映った。しかしその晩以来、中山は哲也のどこを気に入ったのか、しつこく民青への入会を勧誘してきた。哲也を「オルグ」してきたのである。結局は、哲也に微塵もその意思がないことが分かったので、中山も諦めた。哲也としては、中山には好意は持っていたものの、民青は路線からしても心情的にも、とても受け入れられるものではなかった。

その中山和雄が哲也の目の前に、日本資本主義を代表する東都銀行の、ミラノ支店駐在員として現れたので驚いた。しばらくポカンとして中山を見つめていた。

「村上君、久しぶりだね。日興商事からイタリア語研修生が派遣されてきたと聞いていたけれど、君だったのか」

「中山さんですね？　こんなところでお会いするなんて。大学卒業後、東都銀行に入社なさったのですか？」と哲也はとても信じられない思いで、中山の顔をまじまじと眺めながら尋ねた。

「そうなんだ、いろいろとあってね」と言葉を濁す。

「そうですか……中山さんが東銀とはね」と哲也はまだ納得しかねる様子であった。

「悪いけれど、僕の大学時代のことは他言無用にしてくれるかな。あれはあれ、今は今ということで」

二人の会話はペルージャの街などに及んだが、哲也はシラケた気持ちを拭い去れぬままに、東銀ミラノ支店をあとにした。何故か憤りを感じながら歩き続けた。

『ノンポリ学生であった俺には、とやかく言う資格はないけれど、なんとも不愉快だな。

民青の闘士が、よりによって日本資本主義の総本山の一角の東銀に入社するなんて！　彼にとっては、一九六九年の東都大学紛争は一時の遊びだったのか？　反民青の全共闘の闘士たちの多くが、その後の人生を狂わせてしまったのに……』

　哲也は、ミラノからペルージャに列車で戻る途上で、フィレンツェに立ち寄った。ペルージャ初級コースでの仲間である深田則夫と酒井理恵を誘って、昼食を一緒にするためである。

　則夫は、アルノ川沿いの老舗の革製品工房で修業をしており、一流のカバン職人になるべく頑張っている。理恵はサン・ロレンツォ教会北側に位置するトラットリア『イ・トスカーノ』でシェフ見習いをしている。いずれ帰国して、南青山にイタリアンレストランを開くことが彼女の夢である。そんな若い二人を応援する気持ちで、哲也は奮発してサンタ・マリア・ノヴェッラ教会南側の『ブーカ・ラーピ』を予約した。一八八〇年創業でフィレンツェ最古のレストランと言われている。哲也が店に到着すると、既に席についていた二人は、元気良く立ち上がって挨拶をした。

「哲也さん、今日はお招きいただきありがとうございます」

「三ヶ月ぶりかな、何か二人とも大人びてきたね」

「哲也さんも少しも変わらず、お元気そうで。風の噂ではスイス娘にぞっこんだとか」

「おいおい、そんなことが理恵ちゃんの耳に入っているのか！　でもひと夏の恋は、はかなく終わってしまったんだ」

相変わらず躍動感ある二〇歳の乙女である理恵だが、多少目元の化粧が濃くなり色っぽさが出てきた。きらきらと光る目で見つめられては、哲也もドギマギしてしまう。則夫の方は、口ひげを生やし始め、職人修業の苦労が彼を成長させたのか、二二歳の年齢にしては大人びて見えた。

「さあ、まずは注文しよう。ここは伝統的なトスカーナ料理で有名なところだ。理恵シェフ、何がお勧めかな」

「トスカーナの伝統料理は、もともとは決して洗練されたものではなく、素朴な農家の料理なの。豆類とか臓物系を使うのも特色です。勿論キアーナ牛のTボーンステーキ、ビステッカ・アッラ・フィオレンティーナは外せませんよね」

「それではまず前菜は、野菜と豆のリッボリータ、トスカーナのサラミ、トスカーナ風クロスティーニにしようか、これはレバーペーストのカナッペだ」

「哲也さん、よく御存知ですね！」と理恵が驚いた。

「うん、事前に勉強してきたんだ」と哲也が得意そうに答えた。

「メインは当然ビステッカ・アッラ・フィオレンティーナにするとして、その前のパスタはどうしようか?」

「トスカーナのスパゲッティといえば、やはりピチでしょう。定番だけれどラグーソースでどうでしょう?」

「いいね、それでいこう」

「味わってもらいたいものがもう一つあるのですけれど……、魚介類のブイヤベースで、フィレンツェ近郊のリヴォルノで有名なカチュッコです。きっと哲也さんが感激すると思います」

「日本を懐かしむような魚介類の入ったスープなんて、理恵ちゃん、素晴らしいじゃないか！」

メニュー選びを終えたあとは、専ら則夫と理恵の話で盛り上がった。則夫の工房での修業はなかなか厳しいようだ。日本と同様に親方と徒弟という伝統的スタイルの中で、則夫は言葉のハンディもあり、神経をすり減らしているようである。しかし日本で見られるような陰湿な人間関係はなく、イタリア人仲間から温かく迎えられているとのことだ。一方、理恵は、トラットリアでの見習いとして、シェフの助手から皿洗いまで、なんでも積極的にこなしている。持ち前の若き美貌と明るさで、楽しくやっているようで、面白おかしく体験談を語った。どうも同僚のイタリア男性たちが、何かと理恵に近づこうとするのを、時々則夫がボディーガードのように出ていって、彼らを牽制しているようだ。理恵思いの優しい男である。

食欲旺盛な若い二人は、ボーイが軽やかに運んでくるメニューを、次々と平らげていった。哲也は、そんな姿を眺めて感動さえ覚えた。夢を求めて日本を飛び出て、生活費も切り詰めて、異国で修業に励む若者たちのなんと逞しいことか。『我々世代は何かと恵まれて育ってきた。高度成長時代の波に乗り、恋だ学生運動だと騒いで、あとは大手企業にちゃっかり就職してしまった世代だ』と哲也は自戒の念を心の中で呟いた。

「哲也さん、このロッソ・ディ・モンタルチーノは本当に美味しい。どこでこのワインを知ったのですか?」と則夫が訊ねた。

「御存知のように、サンジョヴェーゼ種で極上のワインと言えばブルネッロ・ディ・モンタルチーノだ。ペルージャのヴァンヌッチ通りの裏手にワインショップがあるのを覚えているかな？　そこのおやじから、ブルネッロよりロッソ・ディ・モンタルチーノは半額くらいで、味はそれほど変わらないと聞いたんだよ」

「ワインに詳しくないけれど、キャンティはフィレンツェ郊外で、モンタルチーノはシエナの近くなのでしょう？　私もこんなに美味しいワインはあまり飲んだことがない。おまけに、哲也さんとワイングラスを傾けるなんて初めてだから、すっかりいい気持ちになっちゃった」と理恵がはしゃいだ。

「おいおい、そんな色っぽい目で迫るなよ、こちらも冷静さを失ってしまうじゃないか」

「なにを言っているのですか、哲也さんはスイス娘には夢中になるくせに」

「理恵ちゃん、そんなことよりデザートだけれど、この店のティラミスは絶品らしいよ。最後に注文して、言葉通り天国に行こう！」

　他愛もない会話で瞬く間に楽しい時間は過ぎ、三人がレストランをあとにしたのは一五時近くであった。列車でペルージャに戻る哲也を見送るために、二人はフィレンツェ・サンタ・マリア・ノヴェッラ駅まで同行してくれた。徒歩で一〇分ほどの距離である。

　駅構内のベンチで、キオスクに雑誌を買いに行った理恵を待っている時に、則夫が哲也に話しかけた。

「理恵はあのように元気溌剌に見えても、やはり日々ストレスと寂しさは感じているようです。時々涙を流し眠れぬ夜もあるとこぼしていました」

「彼女もまだ二〇歳の乙女だからね。君がいろいろと相談相手になって支えているから、彼女もなんとかこの異国でやっていけるのだろう。日本の御両親もさぞかし心配だろう」

「彼女は母親一人に育てられたのです。そのお母さんは美容院を経営していて、彼女は小さい時から自立する生き方を母親の後ろ姿から学んだそうです」

「そうか、だから歳の割にはしっかりしているのだね。ところで則夫君は確か大阪の出身だったよね。御両親は健在なの？」

「ええ、難波駅近くでスーパーを経営しています。スーパーと言ったって日常雑貨を扱う店で、二人とも毎日駆けずりまわって、なんとか店を運営しています。僕は四人兄弟の末子ですから、幼い時から自立するしかないと思い、カバン職人になる道を選んだのです。欧州では男性もお洒落なハンドバッグを携えていますが、いずれ日本でもそんな時代が来ると確信しています。そのための修業です」

「理恵ちゃんにしても則夫君にしても、よく頑張っている。日本の若者の逞しさを目のあたりにしているよ」

「ところで、理恵は哲也さんのことをよく話します。哲也さんは、彼女にとって、甘えて頼りになるお兄さんというところでしょうか」

「そうかな、寧ろ則夫君に気を許して信頼しているのではないかな」

「僕はいわば理恵の親衛隊でボディーガードに過ぎないのです。このイタリア社会で彼女を護ってあげるのが僕の役割です。彼女が時々口にするのは、寂しい時に哲也さんのことを思い出すとのことです。これからも手紙を出したりして声をかけてくださいね」

「分かった、心しておくよ」

笑みを湛えた理恵が、半ばスキップするかのように二人のもとに駆け戻ってきた。

「理恵ちゃん、則夫君、わざわざ見送りをしてもらってありがとう。また立ち寄る機会もあるし、連絡も取り合おう。二人とも無理をしないで頑張ってね」

「哲也さん、手紙下さいね、約束ですよ」と理恵が真剣な眼差しで哲也を見つめる。心なしか、彼女の目は潤んでいるように見えた。

哲也は二人と固い握手を交わし、改札口に向かった。いつまでも二人の視線を背後に感じながらも振り返らなかった。いつになく感傷的になる自分を抑えながら……。

第八章　ペルージャの秋は寂しい

一〇月に入ると、ペルージャの街は、すっかり寂しくなった。つい一ヶ月前までは、外国人学生で溢れていたヴァンヌッチ通りの賑わいもなく、丘の上に位置するだけに風も冷たく、毎日のように雷雨も到来する。秋を通り越して初冬に入ったような中世の街、ペルージャである。

哲也は、イタリア語初級コースを修了して、中級六ヶ月コースに進んだ。しかし一月からはジェノヴァに移り住んで、ジェノヴァ大学政治経済学部の聴講生になる予定なので、この中級コースでの勉学にはあまり身が入らなかった。仲間の菊井卓次と鈴本一誠も同様に、それぞれミラノ、ローマへと移る予定であった。

中級コースの授業についていくためには、高いレベルのイタリア語習得が必要とされ、日本人仲間では石塚美紀だけがそのレベルである。哲也や卓次は会話には不自由しなくとも、読み書きレベルではとても美紀には敵わない。この中級コースはいわば文学部で、イタリア文学と美術を中心とした授業だが、彼女はいずれその分野に進もうと考えているのか、学ぶ姿は真剣で傍から見ても輝いていた。多少翳があり近づきがたいところもあるが、哲也が分からぬところを質問すると、丁寧に教えてくれる。一度、レストランで夕食を御馳走した時も、専ら哲也がしゃべり、気がつくと美紀の人となりとか過去のことは何も話題にしていなかった。彼女は、聞き上手なうえに、自分の過去はあまり話したくないのであろう。いずれにせよ、哲也にとっては、卓次と一誠とともに大事な仲間であった。

高松支店長の許可も得て、哲也は中古車を購入した。フィアット・クーペ850である。鮮やかなイタリアンブルーで、後ろから見ると豚の鼻みたいで、なんとも可愛らしい。

納車された当日に、下宿先の女主人シモネッタの同棲者、エンリコにイタリア式運転術の特訓を受けた。哲也がハンドルを握り、エンリコが助手席に乗って指示をする。まずは丘の上のペルージャ旧市街から、弧を描きながらくねくねと新市街に下っていく。丁度日光のいろは坂を下るようなものである。哲也はカーブの手前ごとに、慎重にブレーキを踏みながら下り始めた。対向車がスピードを緩めずに上ってくるので、怖くてしょうがない。

「哲也、なんでそんなにブレーキを踏むのだ、危ないじゃないか！」とエンリコが、いらいらしながら怒鳴る。

「そんなこと言ったって危ないよ」と哲也が抗う。

「アウトサイドインに思い切ってカーブに突っ込む、あとはハンドルさばきだ」

「そんなことして車がスピンしたらどうするの」

「イタリア製クーペの足回りをもっと信じなさい」

哲也は恐怖の気持ちと戦いながらも、エンリコ操縦法を試してみた。なるほどコーナリングとはこういうものかと会得してきた。

新市街を抜けて、トラジメーノ湖方面に向かう高速道路に乗った。『つい一ヶ月前に、菊井卓次の運転で、マルゲリータたちをテロントラ駅に見送りに行った時の道だったな』と感傷に浸っていると、またエンリコの怒号が飛んできた。

「哲也、何をもたもた運転しているんだ、アクセル、アクセル、アクセル！」

「既に九〇キロも出ているよ」

「高速道路で一〇〇キロ以下は交通違反だ。こんなにのろのろ走っていたら、後続車に追突されてしまうじゃないか。追い越し車線に出て一五〇キロまで出してみよう」

「えっ、僕は今日初めてイタリアでハンドルを握っているんだよ」

「そんなことを言っているから、日本人はＦ１に出てこれないんだ。このフィアット・クーペはスピードが出れば出るほど、沈み込んで安定していくもんだ」とエンリコは訳の分からぬ理屈で哲也をけしかけた。

お陰で哲也はエンリコからイタリア式運転の極意を学んだような気がした。いかにブレーキを踏むかというよりも、思い切ってアクセルを踏み、柔らかなステアリングで駆け抜けるか、それがドライビングの楽しみだということである。「イタリア人はハンドルを握ると皆レーサーに変身する」というようなことを、どこかで読んだ気がするが、エンリコの運転指導は、まさにそれをあらわしていた。

しかし、哲也の運転はまだまだ未熟であり、一ヶ月も経たぬうちに事故を起こしてしまった。

その晩は、菊井卓次と鈴本一誠と三名で会食後に、久しぶりにスコッチウイスキーを飲もうということで、ヴァンヌッチ通りの端に立つホテル・ブルーファニーのバーカウンターに繰り出した。ペルージャの最高級ホテルで、ラウンジから眺めるウンブリア平野の広がりは素晴らしい。三人とも年内にペルージャを去るので、大いに感傷的になり杯を重ねた。哲也は、たまたま日中に新市街に用事があったので、愛車フィアット・クーペ850をホテルの前に横づけしていた。二人と別れて車に乗り込んだ哲也は、先ほどの卓次の言葉を思い出した。

「どうも、ここペルージャでも売春婦がいるらしい。先日同じ下宿先のフランス人が言っていた」

「本当？　どこにいるのだろう」と哲也は身を乗り出す。

「旧市街を囲む環状道路に街娼が立つらしい。多分ペルージャ大学に下っていくアレッサンドロ・パスコーリ通りあたりだと思う。とても我々が相手にするレベルではないと思うけれど、このペルージャにも存在するとは驚きだね。一度見にいこうと思う」

「男娼かもしれませんよ。卓次さん、哲也さん、気をつけてくださいね」と一誠が二人に注意した。


運転席に座った哲也はこの会話を思い出した。夜の一二時である。丁度見学には適当な時間と思った。かなり酩酊していたが好奇心には勝てず、環状道路に向かって走り出した。この環状道路は全長七キロほどで、丘の中腹辺りで旧市街を取り囲んでいる。哲也は『どこもかしこもくねくねして、コーナリングの練習にはぴったりだ』などと、すっかり気が大きくなってハンドルを握っていた。運転しながら、きょろきょろと視線を配るが、真夜中に人影など見当たらない。アレッサンドロ・パスコーリ通りまで来て、次の曲がり角が五〇メートル先に見えた。卓次が言っていたのは、このあたりだなと思いながら、周囲を見回しながら、コーナリングをした。しかし次の瞬間に街灯に激突した。この曲がり角がS字カーブになっており、街灯を避けきれなかった。哲也はハンドルに額を強打して、一瞬のことだが気を失った。我に返って、車外に出てみると、前部ボンネットが大きくへこみ、街灯も折れ曲がっていた。哲也がしばし茫然としていたところに、この事故を見かけた対向車から女性が降りて駆け寄ってきた。

「大丈夫ですか！　額を怪我していますよ。救急車を呼びましょうか？」

哲也は、改めて額から血が滴り落ちていることに気がつき、ハンカチで額を押さえながらも、会社に知れたらまずいと一瞬で判断して答えた。

「ありがとうございます。額に怪我をしただけですから大丈夫です。自宅も遠くありませんので車をここに置いて帰ります」

哲也は出血している額を押さえながら、二キロほど先の下宿先を目指した。『彼女はなかなか美人だったけれど、まさか売春婦ではないだろうな。言葉遣いも上品だった』などと馬鹿なことを思いながら、気が朦朧としながらも歩き続けた。

下宿の女主人シモネッタとエンリコは、哲也の帰り着いた形相を見て驚愕し、手当てをしてくれた。出血はなんとか止まったので、洗浄してガーゼで保護してくれた。二人は翌日にでも外科に行くように勧めたが、哲也はかたくなに断った。

哲也の額の真ん中の二チセンの傷は、生涯消えぬままになり、アレッサンドロ・パスコーリ通りの折れ曲がった街灯は、一年後もそのままの姿で残ることになった。


愛車を駆ってアッシジのパオラを訪問した。四ヶ月ぶりである。サン・フランチェスコ聖堂内にあるジョットの壁画修復作業も山場を越え、来年春にはミラノに戻る予定とのことであった。

今回もパオラが趣おもむきのあるレストランに案内してくれた。細い坂道を上っていくと、中世の館があり、その中にある『ラ・フォルテッツァ』である。

「今の時期は黒トリュフが旬なので、パスタは決まりね、ストランゴッツィ・アラ・ノルチャにしましょう。哲也は黒トリュフを味わうのは初めてでしょう?」

「勿論初めてです。そのストランゴッツィとは何ですか？」

「ウンブリア州の伝統的パスタで、ウンブリケッリと並んで有名ね。卵黄は使わず、水や卵白を使った白っぽい生地で作るので、独特のモチモチ感と、のど越しの良さが魅力なの」

「素晴らしい！　是非それでお願いします」

「ところで哲也はウサギは食べたことある？」

「えっ、ウサギですか」

「イタリア全国にウサギ料理はあるけれど、ここウンブリア州でも皆よく食べるの。騙されたと思ってトライしてみなさい」

　イタリア人は、食の楽しみを、じっくりと時間をかけてメニューを選ぶところから始める。ここでは常連客のパオラも、わざわざシェフを呼んで、今年の黒トリュフの収穫状況とか、どこの産地のウサギを供するのかと、会話を楽しんでいた。

　哲也は黒トリュフを初めて味わった。食感はサクサクとした感じで、ニンニクに似ている香りで、土の匂いがするとでも表現したらいいだろうか。やはり珍味ということで味わい深い感覚を覚えた。

ウサギ料理を本当に食べられるかと心配したが、オリーブとワインをふんだんに使った煮込み料理で、食感も鶏肉に比べ淡白でヘルシー感があり、少しも残さず平らげた。

この日もパオラの家に泊めてもらった。ブランデーグラスを片手に、リビングで寛ぎながら、怒濤のように過ぎ去った六ヶ月間を、面白おかしくパオラに語った。臨床心理士の資格を持つパオラだけに、哲也のつたないイタリア語を、実にうまく受けとめてくれた。彼女は敢えてゆっくりと分かりやすいイタリア語で話してくれるので、心の緊張もない。

『なるほど、接続法と仮定法は、こうして使うのか……』と彼女の話を聞いていると、良い勉強にもなる。

「ところで哲也、ここアッシジにも日本人が住んでいるみたいね。ここ二ヶ月で三度ほど同じ人を見かけたから、旅行者ではないわね」

「本当ですか、どんな女性ですか?」

「それが男性なのよ。私は日本に一年近く滞在していたから、中国人や韓国人との区別はつくつもり。そうね、哲也と同じくらいの年齢かな。引き締まった身体で、なかなか整った顔つきをしていて、哲也より少し上背があったかな。三回ともサン・フランチェスコ通りですれ違ったのだけれど、二〇代後半のイタリア人男性二名と一緒に、街の中央に向かっていったわ。すれ違いざまに彼らの話を聞いたけれど、イタリア語で会話をしていた。大学の夏休みが終わってどうのこうのと話していたわ」

「アッシジには大学も語学研修機関もないのに、日本人男性が住んでいるなんて信じられないな」

「人は見かけで判断してはいけないけれど、三人とも、ここアッシジで美術や絵画を勉強しているタイプには見えなかったわ」

哲也はその晩、パオラの用意してくれたホカホカ毛布にくるまりながらも、何故かパオラの話していた日本人男性のことが気になり、なかなか寝つけなかった。


一〇月下旬、突然ナディアが下宿先に現れた。ペルージャを去るので女主人シモネッタに挨拶に来たのである。彼女の故郷ブリンディジに近いところに転校するとのことである。彼女を誘って、トラットリア『アルティスタ』で夕食を共にした。オーナーの娘アンジェラは名残惜しい気持ちで一杯なのか、他の客をほったらかしにしてまで、ナディアと話し込んでいた。その後プリオリ通りに佇むカフェ『セレーナ』に入った。哲也はドアを開けた途端に、ニコラ・ディ・バリの『虹の日々』が、静かに流れているのに気がついた。いつ来ても心安らぐ店である。

ナディアは堰を切ったように、五井物産の伊藤正敏との顚末を話し始めた。時には涙を浮かべ、時には怒りで顔を赤らめて、話し続けた。伊藤と同じ日本人として、哲也は自分自身も糾弾されているような気分に陥り、頭を下げてしょんぼりうなだれて、彼女の悲しみと怒りを受け止めていた。

店内に流れる曲は、ペッピーノ・ディ・カプリやイーヴァ・ザニッキなどが続いたが、丁度ルチオ・バティスティの『三月の庭』がかかり始めると、ナディアは、ハッと気がついたように言った。

「哲也、私が勝手に怒りをぶつけて、不快な思いをさせてしまったようね。ごめんなさい。この『三月の庭』を聴くと、五月に哲也とここで、互いに将来を語り合ったことを、懐かしく思い出すわ。この歌のように、もう我々は若くはない、いつまでも過去へのノスタルジーに浸っていないで、大人にならないといけないのね」

哲也は、改めてナディアを眺めた。一通り哲也に怒りをぶつけたのですっきりしたのか、微笑を浮かべて話す彼女の顔は輝いていた。以前の可憐さが消えて、カトリーヌ・スパークのような躍動美溢れる女性が目の前にいた。

第九章　あの全共闘戦士は生きていた

彼を最初に見かけたのは、一〇月初旬であった。菊井卓次と鈴本一誠と一緒に、ヴァンヌッチ通りを歩いている時であった。カフェ『カプリッチョ』のテラス席で、若いイタリア男性と話し込んでいるアジア人を見かけた。哲也は「あれっ?」と思い、振り返って改めて見てみると、日に焼けた精悍な風貌の男である。サングラスをかけているので判然としないが、やはり日本人ではないかと思った。卓次の肘を突っついて尋ねた、

「卓次、あのカプリッチョに座っている男性を見てみろよ、どうも日本人と思うけれど」

卓次は振り返り眺めてみて、

「そうだね、日本人のようだ。ペルージャでは見たこともない顔だね」

「日本人に間違いないでしょう。ここはいろいろな人が流れてくるところですからね。それにしても、我々みたいに語学を学びに来ているタイプとは違いますね」と一誠も相槌を打った。

連れの男性と話し込んでいる姿には、近づきがたい雰囲気もあり、引き返して容貌を確かめることまでは気が引けた。

哲也には何故か心に引っかかった。その晩もベッドの中で、昼間に見かけた男性の姿を思い起こしていた。今までの自分の人生の中のどこかで、会ったような気がしてならなかったのである。

再び彼を見かけたのは、二週間後であった。やはりカプリッチョのオープンテラスに座っていた。哲也は下宿先に向かって、足早にヴァンヌッチ通りを歩いていたが、何か視線を感じて横を向くと、カプリッチョのカフェテラスに座っている彼が、サングラスの奥から、じっと哲也を見ていることに気がついた。哲也も、一体誰なのかと見極めようと、立ち止まってじっと彼を見つめた。「どこかで見た顔だな」と頭を巡らせるが、思い浮かばない。そのうちに彼の方から目をそらして、連れの金髪の女性と話し出した。哲也も首をかしげながら、そのまま立ち去った。

哲也は気になった。彼はしっかりと哲也を見ていたし、哲也もどこかで見た顔だと記憶の底を探った。時間の許す限り、同じ時刻の午後四時頃にヴァンヌッチ通りに出て、カプリッチョに彼が来ていないかを確かめるようになった。

その日は、肌寒い日だった。オープンテラスには一人の男性しかいない。哲也が確かめようと近づくと、彼は自ら席をたって近づいてきた。そしてサングラスをとった。

「もしかして、村上哲也さんですか？」

「そうですけれど、あなたは？」と哲也は彼の顔を凝視して、あっと叫んだ、

「遠藤じゃないか！」

遠藤賢一との七年ぶりの再会であった。

二人はプリオリ通りのカフェ『セレーナ』に入り、時の経つのも忘れて、大学一年当時の親友に戻って語り合った。二人は一九六五年四月に東都大学に入学した同窓生で、同じクラスに所属していた。哲也は都内の私立青空学園出身、賢一は札幌西高校出身で、全く肌合いも異なっていたが何故か馬が合い、一緒につるんで遊んだり、夜中まで不毛な議論を続けたりしていた仲間であった。ところが大学一年の終わり頃から、賢一は学生運動にのめり込み、授業にも現れなくなり、そのうち哲也たちの前から消えていった。その彼が、ここペルージャで突然哲也の前に現れたのである。そして往時と変わらぬ気さくな語り口で、今までの過去を語ってくれた。その内容は衝撃的で、哲也は下宿に戻ってからも、当時の東都大学紛争の一局面、一局面が、走馬灯のように蘇り、とても寝つくことはできな

かった。

遠藤賢一は、東都大学入学当時は、今までの受験勉強一辺倒から解き放されて、都会的な生活に馴染もうと努めていた。クラスの幹事から、東都女子大学と小石川植物園で合同ハイキングをしよう、との呼びかけがあった時に、参加はしたいものの、自分のような田舎者は、うまく溶け込めるかと逡巡していた。そこのところを、同じクラスの哲也が上手に誘ってくれたので、行くことにしたのであった。

この「合ハイ」には東都大学と東都女子大学から、それぞれ八名、合計一六名が参加した。池の周りを散策しながら、談笑したり、小学生に戻って円陣を作って「ハンカチ落とし」遊びをしたり、昼食時となれば、女性たちの手作り弁当を仲良く分け合って食べるという、まことに微笑ましい集団デートであった。中学まで北海道稚内で育った賢一は勿論のこと、中学高校と男子校で女性と縁のなかった哲也にとっても、胸ときめく新鮮なものであった。男性たちは、めぼしい女性を見つけると、帰り際にこっそり連絡先を教えてもらい、その晩には女性の下宿先に電話をするのである。要領良く抜け駆けをするわけである。従って目立つ女性は取り合いになるし、賢一のような田舎者は出遅れてしまう。哲也は、一週間前に東都大学構内の集会所で開かれたダンス講習会で、清和女子大の女子大生と知り合ったので、この合ハイではあまりがつがつすることもなかった。

賢一は、この合ハイで虚しさを感じたからというわけでもないだろうが、次第にちゃらちゃらした都会的交流に距離を置くようになった。しかし哲也との友情は変わらず、一年の夏には一緒に能登半島に旅行に出かけたりもした。

賢一は、秋に入ると、あまり授業に現れなくなった。同じクラスの民主青年同盟駒場班の石田和男が、教室の壇上に立ちアジ演説をおこなう際には、声を荒げて「日和見主義者!」と、激しく非難をする彼の姿が印象的だったが、それも見られなくなった。

哲也は心配になり、ある時賢一を呼び出し、渋谷宇田川町のサントリーバー『ブリック』のカウンターで、彼の話をじっくりと聞いてみた。純粋な男だけに、矛盾だらけの世の中に妥協できず、加えて、これを正すのは自分たちだとの選民意識も強く、瞬く間に学生運動にのめり込んでいったことが分かった。それも最も過激な共産主義同盟、いわゆるブントに参加していた。別れ際に彼は言った、

「村上、俺は君との友情は捨てたわけではないし、君の生き方を非難するつもりはない。しかし俺の性格として、この日本の現状を見過ごすわけにはいかないんだ。我々が立ち上

がらなくてはならない。これから違う人生を歩む君とは、会う機会もなくなるかな。残念だけれど仕方がないと思っている」

二人は渋谷ハチ公前まで無言で歩いた。哲也は、一抹の寂しさを湛えた賢一の表情を見つめながら、強く握手して別れた。

一九六六年、大学二年秋になると、賢一は大学キャンパスに現れなくなった。哲也は強いて彼の行方を追わなかった。駒場での教養課程を終えて本郷キャンパスに移る前に、彼の下宿先にコンタクトしたが、既に引き払ってしまったあとで、家主も彼の移転先を知らなかった。

哲也が再び彼を見かけたのは、一九六八年六月、本郷キャンパス安田講堂前の銀杏並木通りであった。民法の授業を終え、法文一号館を出て、正門に向かおうとしたところ、突然、赤ヘルの集団が背後に迫ってきた。五〇名ほどが四列縦隊になり、先頭四名が長い角棒を横にして腰に当て、大声でシュプレヒコールを上げながら、周りを蹴散らすように小走りでジグザグと蛇行して向かってきた。哲也たち一般学生は、慌てて道をあけ、啞然としてこのデモ隊をやり過ごした。この時に一瞬ではあったが、先頭最前列に彼の姿を認めたのである。すっかり全共闘の闘士に変貌した遠藤賢一の姿を見て、哲也は茫然と、その場に立ち尽くした。『この大学紛争は、ただごとではない。我々の友情やこれからの互いの人生、すべてを根底から変えてしまいそうだ』と暗澹たる気持ちで、赤ヘル集団が正門へと遠ざかるのを見つめていた。

東都大学紛争の発端は、医学部インターン生の待遇改善と制度改革を訴えて一九六八年一月に医学部が無期限ストを始めたことであった。その後二月には医学部冬見医局長缶詰事件に関与した一二名の学生の処分がおこなわれた。医学部教授会は意見聴取をおこなわないままに処分を決定したところ、この対象となった一人の医学部三年生は、事件当時には九州に帰省中であることが判明した。これで一挙に大学当局に対する不信と不満が医学部を超えて全学に燃え上がっていった。大学の自治が脅かされているというのが紛争の発端だが、一般学生も改めて、積年にわたる大学当局と教授会の古い体質に疑問を持ち始め、不信感を強めていった。

その後医学部全学闘争委員会が、卒業式当日の早朝に安畑講堂を占拠し、モーニング姿の小河内総長は講堂内に入れず、大学当局は卒業式中止を余儀なくされた。

しばらく膠着状態となったが、収拾に向かうことを恐れた医学部全学闘争委員会の強硬派が、六月一五日に安畑講堂を再び占拠した。そして二日後の六月一七日に、小河内学長が一二〇〇名の警察機動隊を導入して、僅か五〇名の学生を排除したことが、紛争を東都大学全学に広げることとなったのである。燃え盛る火を消すべく、六月二八日に小河内総長が安畑講堂で、数千人の学生を相手に会見をおこなったものの、心臓に異常をきたして途中で退席してしまった。今や安畑講堂は学生により完全に占拠され、バリケードも築かれて「安畑砦」と呼ばれるようになった。

これ以降、事態は第二フェーズへと急展開していくこととなる。東都大学の学生だけでなく、全国から各セクトの活動家がぞくぞくと駆けつけてきて、安畑講堂は学生により自主管理され「解放区」と化していった。東都大学全学共闘会議が七月五日に結成され、各学部は次々と学生大会で無期限ストを可決し、最も保守的な法学部も一〇月一二日に無期限ストに入ったことで、東都大学全学ストへと発展していった。本郷キャンパス内は、赤ヘル、青ヘル、白ヘル、黄ヘルと、各セクトが入り乱れて、デモ行進を繰り返して騒然とした日々となった。全国から活動家が入ってきて、各セクトの行動もゲバ棒を携えて次第に過激となり、セクト間の内ゲバも始まった。一一月には図書館封鎖を巡って、全学共闘会議（全共闘）と日本共産党民主青年同盟（民青）との大規模な衝突が起こり、本郷キャンパスは荒廃の一途を辿っていった。連日テレビ局が状況を実況中継し、赤門横の立て看板『とめてくれるなおっかさん、背中の銀杏が泣いている、おとこ東大どこへ行く』が話題となった。

哲也は、秋から三ヶ月かけて、米国を東から西へと回る大旅行を計画していた。当時のベストセラー、ミッキー安川の『ふうらい坊留学記』に触発されたのである。しかし自分の大学での紛争が、ここまで大きくなってしまっては、それを横目に海外旅行に出かける気持ちにもなれなかった。さりとて自分は主体的に何をしてよいか分からず、本郷キャンパスに出かけては、事態をおろおろとして見ているだけであった。

マスコミは、哲也のような一般学生の姿勢を「ネトライキ」と揶揄していたが、我関せずと、キャンパスの芝生の上で寝っ転がっていたわけでは決してない。確固たる政治信条もない多くのノンポリ学生は、それなりに事態を憂い、なんとか収拾を願っていた。しかし自己の非力なことと、暴力に立ち向かう勇気のなさを、皆心の中では忸怩たる思いでいたのである。

一一月に入り、小河内総長が辞任して佐藤二郎総長代行が選出され、本格的に学生との対話に乗り出した。一般学生の中からも、法学部有志連合など、いわゆる「秩序派」が生まれ、全学ストライキを解除すべく収拾に動きだした。

一月一〇日、秩父宮ラグビー場で七学部集会が開催され、全共闘を除く学生が大学側と確認書を交わした。その後、秩序派が主導して、各学部でストが解除された。

一月一八日から、安畑講堂に籠った全共闘学生と警察機動隊との攻防戦が二日間にわたっておこなわれ、この東都大学紛争は終焉した。


カフェ『セレーナ』には、客は今や哲也と賢一しかいない。午後四時から、延々と話し込んでいた。

最初に哲也から、大学卒業後の歩みを語り、イタリア語学研修生として、ペルージャに滞在していることを説明した。賢一はペルージャで二人が再会するという偶然に驚き、涙を流さんばかりの懐かしさをもって哲也を見つめていた。心が和んだのか、賢一は安畑講堂陥落後の彼の人生を語り始めた。

「今から考えると、我々は敵前逃亡だったたな。東都大学全共闘議長の川本義孝もそうだけれど、勢力温存を理由に、最後の攻防戦を前に安畑講堂から逃げ出した。しかし結局俺も一ヶ月後には逮捕されて夏まで拘留された」

「共産主義同盟（ブント）は最も過激な組織といわれていたけれど、賢一は東都大学紛争後も、そこの幹部として活動していたの？」

「執行猶予の判決を受けて釈放されたあとは、ブントのシンパが経営する出版社に世話になって、校正や編集の仕事もしながら党派活動も続けていたんだ。しかし、哲也も知っている通り、ブントはその後、赤軍派など多数のセクトに分裂して、それぞれが過激な武装闘争へと方針転換していった。京浜安保共闘と合流して連合赤軍が生まれたり、重信房子により日本赤軍が結成されたりした。俺も当初は日本赤軍の政治委員として、幹部の一人であったけれど、あまりに暴力的な活動についていけず、そのうち幹部からは外されてしまった」

「そうだったのか、交番襲撃事件、大菩薩峠事件、ハイジャック事件と、世の中は荒れに荒れていたからね。そんな中で、賢一はよく生き残ったね」と哲也は、驚きの気持ちを込めて彼の顔を見つめた。駒場キャンパスで将来の夢を語り合い、渋谷のサントリーバー『ブリック』で口角泡を飛ばして議論していた時代から、六年が経過していた。

当時は純粋で優しさが顔に顕れていた賢一だったが、今や鋭い目つきと精悍な顔立ちに変貌していた。しかし彼の風貌から、何か孤独感と人生の疲れを見受けて、哲也の心は痛んだ。

　哲也の反応を察してか、賢一は苦笑いしながら言った。

「大学一年の時に、哲也と一緒に行った能登半島の旅を、今でも思い出す時がある。稚内生まれで北海道育ちの俺にとっては、東京での生活は、何もかもが新鮮で希望に満ち溢れていた。今更過去を振り返っても致し方ないけれど、当時の日本の社会情勢では、俺のようなタイプは歩むべくして歩んでしまった道なのかな。今更もとに戻ろうとしても、戻るすべを失ってしまったようだ」

　哲也は、あまり立ち入って、その後の彼の人生を尋ねることが憚られたので、心に抱いていた率直な疑問をぶつけた。

「ところで賢一、君は何故ここペルージャにいるの？」

　賢治はしばしば哲也を見つめていたが、説明を始めた。

「話せば長いが、大学紛争から武装闘争への流れは、次第に勢いを失っていったことは、哲也も御存知の通りだ。重信房子のことはよく知っているよね？　彼女は大菩薩峠事件のあとに、パレスチナに渡って赤軍派テロ活動の海外基地を造り、レバノンのベッカー高原には軍事基地を設けた。詳しい経緯は省くけれど、一九七一年春に、俺も呼ばれてレバノンの後方部隊で生活することになった。日本赤軍及びパレスチナ解放戦線兵士の教育指導が任務だった。この俺が、彼らに日本語や英語を教えたり、世界地理や政治情勢を教えたりするのだから、いかに程度の低い啓蒙教育係であったか哲也も想像できるだろう。しかし幹部の重信房子たちは、ますます過激な行動に走っていくので、とてもついていけずに、結局組織から脱退した。その後、難民支援協会に属して、パレスチナから欧州各国へと渡る難民のサポートをしてきた。この協会はパレスチナ解放人民戦線ＰＦＬＰとも多少繋がりがあるので、過去の俺の活動と全く無縁というわけではない。ともかく革命闘争活動からは足を洗った」

「しかし何故賢一はイタリアに来たの？」

「まあ、そう先を急ぐなよ。この協会で働いているうちに、難民たちを新天地で支援することも必要だということで、欧州近隣諸国に担当者を派遣して、現地で彼らの生活設営の世話をすることになった。そこで俺はイタリアに派遣されて、今年の初めからペルージャ外国人大学に通ってイタリア語を学びながら、時々ミラノやトリノなどに行って難民の生活設営の支援をしている」

「つい先日、アッシジに住んでいる友人が、街の中心街で日本人男性を見かけたと言っていたけれど、賢一のことかな?」

　賢一は、しばし驚いた顔で哲也を見つめていたが、その通りだと頷いた。

「最初はペルージャで下宿していたのだけれど、五ヶ月前からガールフレンドとアッシジに住んでいる。ペルージャには車で三〇分ちょっとの距離だからね」

「その女性なら、君とカプリッチョのオープンテラスに一緒に居るところを見かけたよ。金髪で可憐な美人じゃないか。羨ましい」

「彼女はクロアチア出身のユーゴスラビア人だ。名前はソフィアという」

「賢一がすさんだ生活をしているかと思ったけれど、安心した」

「ありがとう、哲也。でもそんな楽しい毎日ではないよ」と少し投げやりで、表情には翳が見られた。


　哲也と賢一が、カフェ『セレーナ』を出たのは午後八時であった。四時間も話し込んでいたことになる。近々、ソフィアの紹介も兼ね、三人で近郊のグッビオにドライブに行くことで話がまとまり、固い握手を交わして別れた。

　哲也は下宿に戻ってベッドに横になっても、賢一との会話の一つ一つを思い起こして昔を懐かしみ、とても寝つくことができなかった。しかし彼が何故イタリアに来たのか、何故ペルージャ外国人大学にまで通ってイタリア語を学んでいるのか、今一つ腑におちなかった。おそらく哲也にも隠したい経緯があるに違いない。世の中のアウトサイダーとして生きてきたからには、危ない橋も渡ってきたのであろう。しかし七年ぶりに会った賢一に、昔と変わらぬ人懐っこさと純粋さを見て、哲也は本当に嬉しかった。そしてあの金髪の美女と一緒なら、彼も心安らぐ時もあるだろうと、勝手に想像を巡らしていた。

一一月中旬に哲也の車で、三人でグッビオに出かけた。

グッビオは、ペルージャから四〇キロほど北に位置し、車で一時間足らずでいける。もともとはエトルリア人よりも前の先住民であるウンブリア人が作った街で、中世の面影を色濃く残している。今でも五月には石弓のパリオ競技が伝統行事として開催され、多くの観光客が訪れている。城壁に囲まれた旧市街は狭く、端から端まで歩いても一〇分とかからず、曲がりくねった細い道が、街の中を這うように走っている。

哲也は運転しながら、時々バックミラーに映るソフィアを眺めて、彼女の素朴な美しさに驚いていた。美白肌に金髪と青い瞳がマッチングして、なんとも魅力的である。ユーゴスラビア女性には世界的に活躍するモデルが多いと聞いていたが、さもありなんと勝手に得心し、そんな彼女と一緒の賢一に嫉妬さえ覚えた。

賢一もソフィアも、イタリア語のレベルは哲也より遥かに上である。哲也より半年前にイタリア入りしているので、当然といえば当然だが、それにしても単にペルージャ外国人大学に通っただけで、これほどまで上達したとは信じられない。おそらく特別な教育を受けたのであろう。

旧市街中央のシニョーリア広場で駐車して、曲がりくねった細い路地を散策した。中世のたたずまいをそのままに残し、まるでタイムスリップしたかのような錯覚を覚えた。

市庁舎前のバルダッスィーニ通りを下っていくと、アンティーク市がたっていて、陶器など伝統工芸品が店先に並び、賑わいを見せていた。四〇〇メートルほどで、サンタ・マリア・ヌォーヴァ教会のロープウェイ乗り場に着き、そこから、今にも壊れそうな鳥かごの箱に乗って、約一五分でインジーノ山頂付近に到着した。近くのカフェに入り、テラス席でカプチーノを飲みながら寛いだ。眼下に広がる雄大なウンブリア平原の素晴らしさに圧倒され、三人ともしばし無言であった。

ソフィアは、強い風になびく金髪を手で押さえながら、遥か彼方を見つめ続けていた。

哲也は、その横顔を眺めながら、

『そういえば、映画「鉄道員」に出演していたシルヴァ・コシナにちょっと似ているな。確か彼女もユーゴスラビアのクロアチア地方の出身のはずだ。ソフィアの方がもっと素朴な美人だけれど』、と心の中で呟いた。

賢一はそんな哲也を見て、ニヤニヤしながら言った。

「村上、俺がどこでソフィアと知り合い、何故一緒に暮らしているのか、不思議に思っているのだろう?」

「そうだね、率直に言って申し訳ないけれど、こんな素敵な女性と賢一が、イメージとしてどうもうまく結びつかない」

「俺自身もそう思う。ソフィアとはパレスチナの難民サポートセンターで知り合った。年齢は我々と同じで二七歳。彼女は思想的にはコミュニストだけれど過激派ではない。ユーゴスラビアはパレスチナに地理的にも近いので、ボランティアとして難民サポートセンターにやってきた。第二次大戦後のユーゴスラビア建国の際の内部紛争で、両親を亡くしていることもあり、幼く見える割には芯が強い。俺のどこが気に入ったのか分からないけれど、相性が良いというか、一緒に居ると心が和む。俺がイタリアに行くことが決まった時に、是非自分も連れていってくれということで、二人でイタリアに来た次第だ」

ソフィアは、哲也と賢一が日本語で自分のことを話していることを感じとっている様子で、微笑みながら二人を見ていた。

哲也は、そんな彼女に魅せられていた。西欧人というより日本の女性に近い謙虚さを備えながら、芯が強いというのだから、言うことなしだ。先日七年ぶりに会った賢一からは、昔の快活さは失われ、翳があり荒んだ雰囲気を感じていたので、こうしてソフィアと一緒に居る時の、彼の穏やかな表情を見ていると、自分のことのように嬉しくなった。七年前の明るく素朴な彼の姿が哲也の前にいた。

昼食をレストラン『タベルナ・デル・ルーポ』で取った。聖フランチェスコに説教された狼の逸話にちなんだ店の名前である。日頃質素な食事をしている二人のために、哲也は思い切って、黒トリュフをふんだんにかけたストランゴッツィを注文した。ウンブリア名物の手製の太麺パスタで、トリュフ独特の香りと相まって、そのモチモチ感が素晴らしかった。

三人は昼食を終えて帰路につくべく、シニョーリア広場の駐車場に向かって、バルダッスィーニ通りを散策した。両側に並ぶアンティークの店々をのぞき込んでは、乳白色陶器、エトルリア式陶器、鉄の工芸品などを、興味深く見てまわった。

　お洒落な小さな店があった。店内に入ると、珊瑚で造られた置物やペンダントなどの品々が、ところ狭しと展示されていた。哲也は一つの物に目をとめた。赤トウガラシのような形状で、鮮やかな朱色をしたコルネット・ロッソである。イタリアでは幸運を呼ぶお守りとして使われている。哲也は衝動的に、賢一とソフィアに、このコルネット・ロッソをプレゼントしようと思った。賢一にはコルネット・ロッソのキーホルダー、ソフィアにはペンダントと、三センチほどの小物を見つけ店主に価格を尋ねたところ、二品で日本円にして六〇〇〇円だという。

「賢一、君たち二人の幸せそうな姿を見て、突然だがコルネット・ロッソをプレゼントしたくなった」

「ん？　何で君が俺たちに？」と賢一は怪訝そうな顔をして尋ねた。

「別に深い意味はないけれど、ふと心に浮かんだ」

「俺たち二人を哀れに思ったのだろう？」と賢一はニヤニヤしながら言った。

「いや、そういうことではない。君たち二人の和やかな様子を見て、何故か自分のことのように嬉しくなった。七年ぶりに君と再会して、それも異国のイタリアで、昔とはすっかりイメージが違う君に会って感激している。そんな高揚した気持ちの表れと取ってほしい」

「そうか、それなら遠慮なく頂戴することにする。先日セレーナで語り合った日の夜は、昔のことを走馬灯のように思い出して眠れなかった。今も変わらぬ君の友情に、心から感謝する、本当にありがとう」

傍らで眺めていたソフィアは、二人のやりとりをなんとなく理解したのだろう、哲也に微笑みながら、軽く会釈をした。

第一〇章　さらば友よ、さらばペルージャ

一二月も半ばを過ぎると、哲也たちは引っ越し準備で慌ただしくなってきた。哲也はジェノヴァ大学政治経済学部、卓次はミラノのボッコーニ大学経済学部、一誠はローマ大学文学部へと、それぞれ聴講生としての編入を決め、月末にはペルージャを去ることとなった。

三人はお別れ会ということで、レストラン「イル・ソーレ」で夕食を共にした。旧市街の城壁ぎわで、眼下にウンブリア平野を見下ろす好位置にある。遥か遠方の村の小さな教会が、ライトアップされて美しく映えていた。三人はしばしこの眺望に魅せられ、それぞれのペルージャへの思いと重ね合わせて、胸を熱くしていた。

ノルチャ産ハムとイチジクの前菜、ポルチーニソースの太麺パスタ、ストランゴッツィ、そして仔牛のステーキ、白ワインはオルヴィエート、赤ワインはコッリ・デル・トラジメーノ、と三人は奮発して豪華なメニューを注文し、貪り食い、かつ飲んだ。

「この赤ワインを飲むと、トラジメーノ湖畔のテロントラ駅での、哲也さんとマルゲリータの悲しくも切ない別れの名場面が蘇りますね」と一誠が茶化した。

「本当にあの時は、自分自身がかつての純情な青年に戻って、映画のワンシーンを演じている気分だった。ペルージャでの研修生活は、教師に恵まれ、友人に恵まれ、若い女性に囲まれ、そして歴史ある中世のたたずまいに恵まれて、本当に充実した毎日だったね。七ヶ月前に日本にいた自分を思い浮かべると、全く違う人物になってしまったような気がする」と哲也がしみじみと語った。

「そうだね、大袈裟に言えば、島国日本で育ってきた我々が、初めて諸外国の人々や文化に触れ、洗脳されている過程なのかな。改めて日本人はどうあるべきかと考えさせられるね」と卓次が真面目なことを言った。

「哲也さんも卓次さんも、女性へのアプローチだけは国際化されてきましたね」と一誠がまた茶化した。

「それはそうと、イタリアでは日本と違ってゲイが多いね。ここペルージャでも男同士で手を組んで堂々と歩いている。隠そうともしないからね。イタリアのように文明が成熟するとこうなるのかな。今やゲイやレスビアンは決して特別な世界ではなく、ごく一般化しているようだ。そのうちに、男同士、女同士の結婚が認められるような時代が来るのかな」と卓次がつぶやいた。

「本当にそうだ。でもね、実はそのゲイの件で、先日恐ろしい目に遭ったんだ」と哲也が一週間前にヴェネツィアを訪れた時の体験を長々と語り始めた。

一二月初旬のヴェネツィアは、観光客も殆ど見かけず、ゴンドラも運河脇に係留されたままで、ぴちゃぴちゃと音をたて冬のわびしさを倍加させていた。運河沿いの家々の窓はシャッターがおろされ、まだ午前一一時なのに薄暗く、今にも沈みゆく街という景観であった。かつては「水の都」とも、「アドリア海の女王」とも呼ばれていた面影は全くない。そんな季節に哲也はヴェネツィアを訪れ、サンマルコ寺院、ドゥカーレ宮殿、カ・ドーロ、アカデミア美術館と精力的に見てまわった、連絡船に乗って、ムラーノ島でワイングラスを、そしてブラーノ島ではレース編みのテーブルクロスを購入して、さすがに疲れ果てた。しかし夕食時には、アッシジのパオラから教えてもらった『トラットリア・アッラ・マドンナ』に赴き、これまた彼女の助言通り、ヴェネツィア郷土料理を注文した。まずは干しだらのムースとイワシのビネガー漬け、パスタはイカ墨のスパゲッティ、そしてメインはうなぎフライのマリネ。どれも美味しかったが、うなぎは日本の蒲焼に勝るものはないと思った。思い切って高級赤ワイン、アマローネを注文したが、いつも飲み慣れているウンブリアの素朴な味わいと異なり、苦みのある濃厚で甘美なものであった。かつては王侯貴族しか口にできなかったと言われるだけのことはあるなと、一人で勝手に納得した。

マドンナで夕食を終えた後は、すっかりほろ酔い気分で、リアルト橋を渡り、細い路地伝いにサンマルコ広場に向かった。夜の一〇時なので人通りはない。狭い路地に並ぶ貴金属店やガラス工芸品店のショウウィンドウの品々が、照明に照らされて綺麗に輝いていた。通りを進んでいくと、一軒だけ店内が人で賑わっているバールを見つけた。哲也は酔いも手伝い、好奇心に駆られバールに入った。狭い店内には六名ほどの男性がワイワイガヤガヤと談笑しており、この島の住民たちであることは、一目瞭然であった。皆は一斉に哲也に驚きの目を向け、店内は一瞬静まり返った。哲也は臆せず店内に進み、わざわざ恰好をつけ、カウンターに片肘つきながらグラッパを注文した。そこで皆は「何だ、こいつはイタリア語がしゃべれるのか！」とホッとしたように、もとの賑やかな状態に戻った。

哲也が脇のテーブルに腰かけて、グラッパを味わっていると、四〇歳前後の二人が近づいてきて、同席して良いかと言う。一人の名前はロベルト、日に焼けた精悍な顔つきで、ジュリアーノ・ジェンマを少し悪くしたような風貌であった。もう一人はマルコ、アルベルト・ソルディを、もう少し柔和にした感じであった。二人とも小綺麗な服装をし、親しげな物言いで会話を盛り上げるので、哲也も、彼らが何か騙そうとの意図で近づいてきているのではないと思い、最初の警戒心を解いて会話に応じた。グラッパのお替わりをおごられたりおごったりで、すっかり意気投合して盛り上がった。ロベルトは、かつては船乗りで横浜にも寄ったことがあるとのことで、日本の事情にも詳しい。ここではどんな仕事をしているのかという質問には、ウィンクをしながら、朝はネクタイ締めて出かける勤め人だという。二人とも家庭を持っているというので、まずは善良な二人だろうと安心して、哲也もグラッパの杯を重ねた。

小一時間経って、彼らはそろそろ自宅に帰るという。マルコの家で簡単に夜食を取るので、哲也も一緒に来ないかと誘われた。哲也は、運河沿いのヴェネツィア家屋の中はどうなっているのか、またマルコの奥さんはどんな女性か、といつもの好奇心が先に立ち、気安く彼らのあとについていった。

ところが、マルコの家に着いて驚いた。ドアを開けると、玄関から廊下もなく、大きなリビングが目に入った。その左脇には白いレースのカーテンで仕切られたキッチンがある。また奥には薄紫のレースのカーテンで仕切られた部屋が続く。どうやらベッドルームのようだ。不安になった哲也はマルコに尋ねた、

「マルコ、ここは君の自宅なの？」

「そうだよ、僕の家だ」

「でも君の家族は誰もいないではないか、一人で住んでいるの？」

「ここは、いわば僕が人生を楽しむ別邸だからね」とロベルトにウィンクをしながら、訳の分からないことをいう。なんだか解らずに啞然としている哲也を尻目に、マルコはエプロンをかけキッチンに入り、鼻歌を歌いながらスパゲッティを茹で始めた。一方、ロベルトの方は、今やジャケットを脱ぎ、シャツ一枚になった筋骨逞しい上半身を見せながら哲也の方に近づいてきた。

「哲也、奥のベッドルームに行かないか？」と薄気味悪い微笑を湛えながら、哲也の両肩を摑んだ。

　哲也はその時初めて彼らの意図が分かった。恐怖に怯えてロベルトの手を振りほどこうとしたが、上背もあり屈強なロベルトに押さえ込まれ、ずるずるとベッドルームまで引き

込まれ、ベッドに放り出された。彼の手が哲也の衣服を脱がそうと伸びてきた。

「何をするんだ、お願いだから放してくれ！」と哲也は懸命になってわめいた。

「哲也、今更何を言っているんだ。これから楽しい時間を過ごそう」

「冗談じゃない、僕にはそんな趣味はない！」

「それでは何故あのバールに入ってきたの？　あそこは同性愛者がパートナーを求めて集まるところだ」

「そうだったのか、状況も分からずにバールに入った僕が悪かった。許してほしい」

ロベルトはそれでも諦めきれずに、二人はしばらくベッドの上で揉み合っていたが、やっとマルコが助け舟を出した。

「ロベルト、もうやめた方がいい。哲也も誤解していたのだから」

この言葉でロベルトもやっと諦めた。哲也は、逃げるようにして、この恐ろしいマルコの別邸を後にし、宿泊ホテルまでの帰路を急いだ。興奮してまだ胸が高鳴っている。『危機一髪だった！　それにしてもバールで話していた時に、何故気がつかなかったのだろう？　二人とも家族を持っているものの、別の人生も楽しんでいるとニヤニヤして話していた。あれが同性愛生活のことを意味していたのであろうか？』と思いながら暗い路地をひたすら急いだ。

一誠がほとほと呆れたという顔をして言った、

「哲也さん、本当に危なかったですね。まだ人が良さそうな二人だったから救われたんですよ。我々のイタリア語レベルでは、会話の中の微妙なニュアンスは、とても理解できないので用心しなければいけませんよ」

「そう言えば、俺もこの夏にカプリ島に行った時に、ホテルのプールで声をかけられた。デッキチェアに寝そべっていたら、四〇歳前後の人の良さそうな男性が近づいてきて、横に来ていいかと尋ねるので、どうぞと言ったら、彼はデッキチェアを横に並べて寝そべり、親しげに話しかけてきたんだ。最初は、東京はどんな街だとか、日本人は年齢より若く見えるとか、他愛のないことをしゃべっていた。そのうちに、彼女はいるのか、日本人の肌はきめ細かいとか、今晩の食事はどこで食べるのか、などと尋ねてきたので、俺も気持ち悪くなり、次第によそよそしく対応していたら、三〇分ほどで去っていった」と卓次が自分の体験を語った。

「イタリアの同性愛者から見れば、日本男性の一重瞼の目と、体毛のないスベスベの肌は魅力的なのでしょうかね。我々はイタリア女性にもてると言うわけではないのに……」と一誠がため息をつきながらこぼした。

「友人のイタリア男性に聞いたところでは、プールサイドでデッキチェアまで持ってきて近づいてくるのは、同性愛のお相手をしてもらえますか、とのシグナルだそうだ」と卓次が解説した。

「日本ではゲイは白い目で見られ、世間を憚っているけれど、ここ西欧ではそこらへんはオープンだね。我々もイタリアでは市場価値があるということかな」と哲也は自嘲気味に言った。

「ところで、お二人ともふらふら旅行に出かけている間に、ここペルージャ大学では大変な騒ぎがあったのですよ」と一誠が語り始めた。

「そうそう、俺もあとから聞いた。警察の機動隊まで出動したらしいね」と卓次が一誠の話を促した。

「つい先日の一二月八日の出来事で、東都大学安畑講堂攻防戦の小型版みたいなものでした。御存知のようにペルージャ大学は、ペルージャ外国人大学右側の坂を下ったところにあるのですが、校舎内に突入しようとする機動隊と、それを阻止しようと火炎瓶を投げつける学生側との戦いがありました。事の発端も東都大学紛争と似ているのです。イタリアでは医学生は在学中から、病院などの医療機関で実地研修プログラムを消化して、卒業後の国家試験に臨むわけですが、ここペルージャ大学医学部では、研修先の選定、及び研修成績が、担当教授の恣意的意向に左右され、客観性に欠けると、前々から学生自治会が改善を教授会に申し入れていました。ところが、いつになっても教授会が聞く耳を持たず、今年の六月から医学部学生は授業をボイコットしたのです。これが全学に広がり、一一月になると八学部のうち、薬学部、経済学部など五学部の自治会がこれに同調し、とうとうバリケードを構築して学園封鎖をしたのです」

「全く東都大学紛争と同じ経緯を辿っているね」と哲也が口を挟んだ。

「本当にそうなんです、その後の展開もそっくりでびっくりしました。一二月八日は日曜だったので人出も少なかったのですが、午前一一時頃に、警察機動隊員一〇〇名ほどが、楯と警棒を携えて構内に突入しようとしました。これに対して、籠城していた学生側は火炎瓶を投げて、激しく抵抗して機動隊の侵入を阻止したわけです。いったん小康状態になったものの、機動隊は放水車を持ち出して学生側の戦意を失わせ、居座り続けていた一人一人をごぼう抜きして逮捕したそうです。当時一〇〇名足らずの学生が籠城していましたが、そのうち八〇名が逮捕されました。夕方にやっと騒ぎは収まりました。私も何が起きたのかと、下宿先を飛び出し、大学近くまで走っていったのですが、ヴァンヌッチ通りからチェザーレ・バティスティ通りに下っていこうとしても、完全に封鎖され大学に近づくことはできない。辺りは煙が立ち込めて先が見えず、ヘリコプターが上空を飛びまわっているし、サイレンと爆発音の入り混じった騒然とした状態でした」

「ヴェネツィアのホテルで、夜のニュースを観た時に、この騒ぎを知ったけれど、それほど大事件としては取り扱っていなかった」と哲也が言った。

「私もそう思いました。イタリア当局としては、最近は過激派学生や労働者のテロ活動が多くなっているので、あまり世間を刺激したくないとの考えから、マスコミに圧力をかけているのかもしれませんね。それよりも驚いたのは、この騒動の陰に日本人がいたとの噂があるのです」

「えっ、どういうこと?」と卓次が驚いて尋ねた。

「今回のペルージャ大学医学部紛争は、イタリア共産党や社会党が後ろで操っているわけではないそうです。学生たちが日頃の教授会の専横に憤り、純粋に改革を求めて立ちあがったとのことです。いわば日本で言うノンセクト・ラジカルの過激派集団が出来上がったわけです。しかし彼らは戦い方を知らない。そこで、かつて日本で学園闘争を指揮した経験者をアドバイザーにしたとのことです。学園封鎖、教授会との交渉方法、火炎瓶戦術などで助言し、当日現場にも居たそうです。うまく逃げて捕まらなかったようですが」

「一誠は何故そんなに詳しいの？」と卓次が驚いて尋ねた。

「ローマに留学中の友人がいるのですが、昔は西都大学ブント（共産主義同盟）に所属していました。彼の話によると、かつて東都大学紛争で全共闘幹部の一人として指揮をとっていた男が、今年の春にパレスチナからイタリアに入国したとの噂を聞いたとのことです。ペルージャ大学紛争の経緯を見ると、東都大学紛争で全共闘がとった戦術とそっくりとのことです。従って私の友人は、日本人がアドバイスをしていたと言うことが事実であれば、それは彼に違いないというのです。もっとも彼の名前までは教えてくれませんでしたけれど」

「この話が本当なら、凄い奴がいるものだ。思想的立場の違いは別としてもね」と卓次はうなった。

哲也は、この日本人は遠藤賢一に違いないと確信し、衝撃を受けて黙り込んでしまった。またペルージャで遠藤賢一に再会したことは、卓次や一誠を含めて誰にも話していなかったことにホッとした。今後いろいろ捜査があっても、ここ日本人仲間には累が及ばないだろう。賢一のことは誰にも言うまいと心に決めた。

翌日、遠藤賢一の下宿先に電話したが、既に彼はアッシジを去っていた。下宿の主人も転居先を聞いていないということであった。三日後に、哲也のもとに遠藤賢一から手紙が届いた。

『村上哲也様、貴兄に連絡もせずに、突然アッシジを去ったことをお許しください。お聞き及びと思いますが、先日のペルージャ大学紛争に関与したために、イタリア警察から追われる身となってしまいました。私自身も予期していなかったことなのですが、いつの間にか巻き込まれてしまったのです。貴兄にお話ししたように、パレスチナ難民の生活設営を支援するために、イタリアに来たことは事実ですが、私の過去の経歴に目をつけられ、教授会との闘争への支援を頼まれたのです。私はいつもの悪い癖が出て、体制側と闘う学生に共鳴してしまった次第で、いわば自業自得です。こうなると、また反体制運動に身を投じる人生に戻らざるを得ません。やはりその姿が自分に一番相応しいのでしょう。

ペルージャで貴兄と再会したことは奇跡ですね。貴兄とかつての初々しい大学入学当時にタイムスリップして、本当に懐かしかった。また先日グッビオを訪れた際は、ソフィアにも温かい心遣いをしていただき、涙が出るほど感激しました。思想的立場は違えども、互いの信頼は何も変わっていませんね。

私は今トリノに来ています。現在のフィアット労働闘争に、少しでも寄与できればと思っています。ソフィアはクロアチアに帰国させました。しかし彼女のことですから、平穏退屈な祖国にはじっとしていられなくて、いずれはまたイタリアにやってくるかもしれません。

再び貴兄にお目にかかることは叶わないかもしれません。改めて、貴兄の変わらぬ友情に深く感謝します。

一九七二年一二月二四日　遠藤賢一』

第一一章　すべては合同ハイキングから始まった

哲也は一二月二六日に、愛車フィアット・クーペを駆って、ペルージャをあとにして、新しい研修地のジェノヴァに向かった。フィレンツェ、ピサを観光し、東リヴィエラ海岸のどこかで一泊して、翌日にジェノヴァ入りする行程である。既に荷物は新しい下宿先に送ってあるので、ボストンバッグ一つの軽装である。助手席には石塚美紀が座っている。

石塚美紀はイタリア語初級速修一ヶ月コースからの仲間で、その後初級三ヶ月コース、中級三ヶ月コースと常に同じクラスであった。知的な顔立ちの女性だが、化粧も服装も地味なためか、さほど目立つこともない。いつも黙々と勉学に励んで、クラスの優等生であった。哲也とは同じ歳でもあるので、授業で会えば気さくに挨拶し、たまには卓次、一誠たち仲間と一緒に食事をすることもあった。その際は、自分の方から話すことはなく、いつも聞き役であるが、まれに彼女が自分の意見を言う時には、教養ある言葉遣いなので皆が驚いていた。謎に包まれた女性である。

先日、哲也が途中の観光も兼ねて、車で東リヴィエラ海岸経由でジェノヴァに引っ越すことを話したところ、丁度自分もミラノに移住する時期なので、一緒に連れていってくれないかと頼んできた。哲也は、いつにない彼女の積極的な態度に驚き、また途中で一泊する予定でもあるので、そこらあたりを彼女はどう考えているのかと戸惑った。しかし、哲也は、もともと彼女の知的な容姿と立ち振る舞いに惹かれていたので、申し出を快く受け入れ、彼女を愛車の助手席に乗せて、楽しい引っ越し旅行となったわけである。

ペルージャからトラジメーノ湖にくだり、高速道路Ａ１に入ったあとは、そのまま一路北上した。その後フィレンツェ市街を右横に見て、国道六七号線に入り、昼にはピサに到着した。二人ともピサ訪問は初めてなので、ピサの斜塔上りに挑戦した。螺旋階段をひたすら上るのだが、予想以上に身体が傾いて不思議な感覚である。美紀は幾度かフラつき、嬌声を上げて哲也の腕に縋りついた。いつもはクールなのに、華やいで若さを爆発させる姿に、彼女の別の一面を見た思いがした。やっと頂上まで辿り着いて、ピサの美しい街並みや広場を一望した。転落防止のための小さな柵で囲っているだけで、二人は恐怖の思いで、中央の柱にしがみつきながら下界を遠望した。

ピサからは、ジェノヴァに向かって、海岸沿いに北上した。ヴィアレッジョ、カラーラ、スペツィアと美しい街並みが続いた。一二月末にもかかわらず、地中海の温暖な日差しを浴びてのドライブであった。美紀は、運転する哲也に気を遣いながらも、ペルージャ滞在中の出来事を、面白おかしく話し続けた。スポーツカーを乗りまわしているイタリア男性に執拗に言い寄られたこと、下宿の女主人が彼女の装飾品を盗んだようなので下宿先を替えたこと、ローマを旅行中にハンドバッグをひったくられそうになったが、転びながらも懸命に護ったことなど……。哲也は、時々美紀の横顔を見遣ったが、普段ペルージャで見かける表情と異なり、柔和でみずみずしさに溢れていた。すっかり彼女との距離が縮まったように感じていた。

哲也は、昨日から考えていた宿泊場所を切り出した。

「今一六時だけれど、そろそろ今晩泊まるホテルを決めようと思う。ここからジェノヴァまでは一〇〇キロ弱で、その間にサンタ・マルゲリータ、ポルトフィーノ、ラパッロといった有名な観光地がある。しかし我々のような研修生には、ハイクラス過ぎて居心地が悪いかもしれないね。五〇キロほど行ったところに、セストリ・レバンテという町がある。小さな湾の上にたつ避暑地で、冬場は訪れる人も少なく鄙びた景勝地のようだ。手頃なホテルがあるかどうか調べてきたけれど、どうかな?」

「素敵ね！　いろいろ考えていただいてありがとう。哲也さんにお任せします」

セストリ・レバンテのホテル『ミラマーレ』に宿泊することにした。名前の通り、部屋からの眺望が素晴らしい。湾を見下ろし、その先に地中海がパノラマのように広がる。丁度夕暮れ時で、さざなみが銀色にきらきらと輝いていた。レストランが併設されているが、クリスマスも終わり、哲也たち以外には二組しかいなかった。二人で夜景を眺めながら、ペルージャを後にしてきた感傷に浸りながらの夕食である。海あり山ありのリグリア州なので、食材が豊富ですべてが美味しいが、やはりジェノヴァの伝統的パスタ、トレネッテ・アル・ペストが秀逸であった。この緑のソースを初めて見て戸惑ったが、バジルと松の実の香りが凝縮された濃厚な味に驚いた。ワインはやはりチンクエテッレ産の白である。二人ですぐに一本をあけてしまった。

食後は、隣接するバーコーナーでレモンチェッロを飲みながら時を過ごした。美紀はほんのり頬をそめているものの、アルコールには強いようで、酔った気配は見られない。食事中は互いのペルージャでの出来事を懐かしく語り合っていたが、美紀が急に身を乗り出して、話題を変えた。

「哲也さん、実は、私たちは七年前に東京で会ったことがあるのよ」と優しく微笑みながら切り出した。

「えっ！　どこで会ったの？」と哲也は驚いて美紀を凝視した。

「当時、私は北海道から東京に出てきたばかりで、おまけに眼鏡もかけて今とは容姿が全く違うので、哲也さんが憶えていなくても無理がないわ。でもね、五月にイタリア語初級コースで哲也さんに会った時に、私はすぐ分かりました。でもあなたは全く気がつかないので、少々悲しい気持ちだったの」

「申し訳ないけれど、全く覚えていない。じらさないでどこで会ったのか話してほしい」

「七年前の一九六五年五月に東都大学と東都女子大学とで、小石川植物園に合同ハイキングをおこなったでしょう。そこに私も参加していたの」

哲也の頭の中を、当時の思い出が駆け巡った、『そういえば、入学早々に合ハイに参加したことがあったな。東都女子大は一〇名ほど参加していて、俺は上背のあるエキゾチックな顔立ちの女性が気に入った。皆で円陣を作って座り、手作りの弁当を御馳走になった。その中に石塚美紀が居たということなのか？』

「小石川植物園での合ハイはよく憶えている。フォークダンスをしたり、芝生に座って弁当を食べたり……、楽しかったな。あの場に君が居たと言うの？」

「哲也さんたちと芝生に座って、手作りの弁当を差し上げたのに、なんとあなたは私のことを少しも覚えていらっしゃらない！　あなたは一緒にいた半田千恵子さんにばかりに御執心でいらしたからでしょうか。確かに彼女は皆の中で一番美人だったから仕方がないけれど、一番美味しい弁当を作ってきたこの私を忘れるなんて、許せましょうか！」と美紀はいたずらっぽく笑いながら、哲也を揶揄した。

「本当に申し訳ない。僕はもともと視野の狭いお調子者だったからね。それにしても美紀さんみたいな気品溢れる女性を見過ごすなんて、僕も見る目がないね」

「あの時は、東都女子大からは多数参加していて、おまけに私もこの七年で心身ともに変貌してしまったので、気がつかなかったとしても仕方がないわ。もう許してあげる。それにしても、ひょうきんな哲也さんが七年前と少しも変わっていなかったので、びっくりしたの。逆に、すっかり変わってしまった自分のことを、あなたに告げることに躊躇しながら機会を失い、今日に至ってしまいました、ごめんなさい。実は、ペルージャを去る前に、この事実を是非告げておこうと思って、今回の引っ越し旅行に同乗させてもらったわけなの」

哲也はこの衝撃的な話に動揺し頭が混乱した。このような奇遇があるだろうか、それも異国ペルージャにて！

「ところで、その七年前の合ハイに一緒に参加した遠藤賢一と、これまたペルージャで再会したんだ」

「知っていました」と美紀が微笑んだ。

「えっ、どうして？」と哲也は叫び、何がなんだか分からぬ事態の展開に、頭がくらくらしてきた。

「実は賢一さんとは、札幌西高校で同級生だったの。小石川での合ハイに参加した時には、まさか賢一さんもいるとは思っていなかったのでびっくりしました。彼も同じように驚いたようね。そこでほかの参加者には、このことは伏せておこうと、二人で話しました。二人とも北海道から出てきた田舎者だったので、この合ハイ以降は何かと助け合うようになったわけです。同郷の頼れる友人同士という感じね。そのうちに賢一さんが学生運動にのめり込んで、共産主義同盟（ブント）の幹部になっていき、私の方は彼の思想には影響を受けたけれど、本格的に学生運動には加わらなかった。いわば全共闘シンパ、またはノンセクト・ラジカルの立場と言ったところかしら。東都大学安畑講堂陥落後に、彼は逮捕され、私も一度面会にも行ったわ。その後彼は出版社に勤め始めたけれど、くすぶっているのを見かねて、時々会って励ましもしました。ところがある日突然、私の勤務先の美術館を訪ねてきて、来週からレバノンのベッカー高原に行くので挨拶に来たというの。私も驚いたのだけれど、よくよく説明を聞いたところ、彼が人生をやり直すのには良いチャンスだと思ったわ」

「僕も賢一からはその話を聞いた。確か、日本赤軍及びパレスチナ解放戦線兵士の教育指導が任務だったようだね。過激な行動からは手を引いて、後方部隊としてサポートする仕事だったようだね。それにしても賢一と君とが深く繋がっているとは……」と哲也は深くため息をついて、美紀を見つめた。

「この話、まだ終わらないのよ。私たちは恋愛関係にあったわけではないけれど、高校時代の同級生が持つ独特の繋がりで、なんでも打ち明けて話し合えたの。前にも言ったように、私も思想的には反代々木派だから波長が合ったのね」と美紀は両手で包んだグラスを、いとおしむように眺めながら過去を語り続けた。

「その後賢一さんからは、たまに手紙ももらっていたので、彼の動静は知っていたけれど、昨年末にパレスチナからイタリアに移ったと聞いた時は驚いたわ。というのも私も美術の勉強をするために、イタリア行きを計画していたので偶然の一致ね。その後は哲也さんも御存知の通り、彼は今年の初めにイタリアに移りアッシジに住み始めた。私は五月にペルージャに来て外国人大学に入学したという経緯です。私も二度ほどアッシジを訪問して、賢一さんと会いました。ソフィアも一緒だったけれど、控えめながら芯の強い素敵な女性ね」

「君の言う通り、本当に素晴らしい女性だ。賢一が羨ましい。やはり彼の人間的魅力を外国女性も理解するんだね」

「そうかもしれないわね。哲也さんの場合はどうかしら？」と美紀がいたずらっぽい目で微笑んだ。

「ただ、私はアッシジで賢一さんと会って、何か不安というか、危なさを感じたの。というのも、イタリアに移ってきてパレスチナ難民の生活設営をサポートするといっても、彼のイタリアでの生活費はパレスチナ解放戦線が支給しているわけでしょう、政治闘争や革命運動と無縁でいられるわけがない。賢一さんが、過去の政治闘争から足を洗おうとしても、それを組織が簡単に許してくれるはずがないでしょう。先日のペルージャ大学での学生と警察機動隊との衝突事件の裏に、日本人がいると聞いた時に『やはりそうか』と思ったわ」

「それで、君は今でも賢一と連絡をとっているの？」

「転居先は教えてくれなかった。ただトリノに移ると言っていたわ。結局は過去の呪縛から逃れられなかったのね」と悲しげに遠方を見遣っていた。

哲也は、美紀が賢一の転居先を知っており、多分今でも連絡を取り合っているのだろうと感じた。

バーコーナーから部屋に戻ったのは一二時近くだった。二人は、どちらからともなく互いを求め身体を合わせた。美紀の肌はみずみずしく、哲也は夢見心地で溺れていった。

二人は、明け方までまんじりともせず、無言で抱き合っていた。哲也は、何故か無性に日本が恋しくなった。腕の中にいる美紀の髪を弄びながら、きっと彼女も同じ気持ちでいるのであろうと思った。

第一二章　愛と冒険に満ちた港町ジェノヴァ

哲也の下宿先は、ビジネス街の中心であるフェラーリ広場から、コロンブス記念館の横を通り、フィエスキー通りを五分ほど上ったところである。食事や買い物など日常生活には便利なところである。ジェノヴァ大学へも、歴史的建造物が並ぶガリバルディ通り、通称「黄金通り」を経由すれば、徒歩三〇分で通える。フェラーリ広場から、左へサン・ルッカ通りを下っていけば、ジェノヴァ港に至る。イタリアでは人口六〇万人の第六位の都市にしては、すべてを手軽におこなえて暮らしやすい。かつて地中海の覇権をヴェネツィアと争った都市国家であり、一六世紀にはヨーロッパを支配した金融都市としても、歴史の跡が随所に見受けられる。

ジェノヴァといえば、ペスト（PESTO）ソース、通称「緑のソース」で有名だが、街を歩けば、至るところに、この独特の香りが漂っている。哲也は、この青臭く淀んだような香りと味に、最初は違和感があったものの、すぐに病みつきになった。ジェノヴァ人はこのソースを何にでもかける。肉、魚、野菜などなど、すべての食材の調味料である。香草バジルと松の実が、独特の味を生み出しているのであろう。「ＰＥＳＴＯ」とはイタリア語で「砕いたもの」という意味で、レストランだけでなく、各家庭は、チーズ、ナッツなども砕いて混ぜて、独自の香りと味を作り出している。このソースをかけるパスタでは、断面が楕円形のＴＲＥＮＥＴＴＥ（ＬＩＮＧＵＩＮＥ）が最も相応しい。

哲也のイタリア研修スケジュールは、一九七二年五月にペルージャに赴任し、ペルージャ外国人大学に在籍、一九七二年一二月からジェノヴァに移り住み、一九七四年四月まではジェノヴァ大学の聴講生、最後に日興商事ミラノ支店に二週間ほど滞在して、一九七四年五月に日本へ帰国するという合計二年間のイタリア滞在である。おまけに一九七三年の夏の三ヶ月間は、再び丘の上の涼しいペルージャに戻っての学生生活という、なんとも恵まれた研修計画が組まれていた。

日興商事本社の方針は徹底していて、すべて研修生の自主性に委ねて現地に飛び込ませ、海外に適応できる人材を育てようというものであった。ことさら現地の大学の講座修了書とか卒業証書を求めるわけでもない。とかく管理監督する他商社と違い、十分な生活費は支給するから、思うように羽ばたいて国際人の端くれにでも育ってこい、との方針であった。また当時は学生の売り手市場でもあり、企業側が学生の青田刈りをしていた時代で、「当社は、入社して間もない若手社員を、海外研修に派遣しています」と、この語学研修制度を、就職活動で訪れる学生向けにアピールしていた。高松ミラノ支店長からは「君たち研修生は、一人一億円をかけた宣伝マンだ。まあそんなところだから、気楽にやりなさい。本社では、それなりの人物を選抜して海外に派遣したのだから、本人の自主性に全幅の信頼を置くのは当たり前だ」との有難い言葉をいただいていた。ただし、哲也は、支店長の言葉の裏には、女性とか金銭絡みで会社側にトラブルを持ち込むことはまかりならぬ、という警告も暗に込められていると感じていた。

哲也は、ここイタリアで、何かと異性との縁が生まれるが、ジェノヴァ滞在中にはトラブルを招くような交際をした。哲也は、最後の土壇場で思いとどまって、なんとか道を外すことを避けることができた。

ジェノヴァに移り半年ほど経った頃、国際友好センターのジェノヴァ支部から、日本の歌舞伎や能などの伝統芸能について、講演をしてほしいという依頼があった。哲也の語学力では無理があるし、その分野には疎い。しかし折角の機会だからと、腹をくって引き受けて、日本から関係書籍やスライドなどを取り寄せ猛勉強をした。お陰で講演は成功裡に終わり、これを機会に幾人かのイタリア人と交流を始めることができた。その中でも、ナポリから出てきたマラーノきょうだいと仲良くなった。長女アンナ、次女ロゼッタ、長男マリオは働いており、三女シルヴァーナは美術専門学校に通う一七歳の女学生。月に一度ほど夕食に呼ばれて、皆と楽しく語り合っていた。ある時に、シルヴァーナの学校で生徒たちの作品展覧会があり、一緒に見学に行ったことをきっかけに、急速に彼女との距離が縮まった。東洋美術に興味があるという彼女は、嗜好趣味が一風変わったところのある娘で、哲也の風貌が写楽の描く浮世絵のイメージに似ているということで、哲也に惹かれたのかもしれない。今まで、イタリア女性の方から哲也にすり寄ってくることはなかっただけに、哲也も不思議でしょうがなかった。二人の姉と比較すると、知的レベルは格段に劣るものの、典型的ナポリ娘であり、若々しく躍動するシルヴァーナが哲也には眩しかった。一九七一年サンレモ音楽祭で優勝曲「恋のジプシー」を歌ったナーダに、容姿も、かすれ声も似ていることが、次第に哲也の自制心を狂わせていった。

ある日、シルヴァーナが、学校の宿題で肖像画を提出するので、是非哲也をモデルとして描きたいと言い出した。兄姉たちは訝しがり、哲也も戸惑ったが、彼女の強い要望に押されて、二日おきにマラーノ宅に通うことになった。午後三時頃に訪問するので兄姉たちは仕事に出かけていて不在で、シルヴァーナと二人だけとなってしまう。哲也はモデルとして椅子に座って身じろぎもできない、シルヴァーナは大画家にでもなったつもりで、悦に入ってキャンヴァスに筆を走らせる。身体がほてるのか、しばらくすると、上着を脱いでTシャツ姿になる。哲也は、モデルとしてシルヴァーナを正視せざるを得ず、どうしてもTシャツからはみ出そうになって揺れる彼女の豊満な胸に、目がくぎ付けになってしまう。そんなことを繰り返しながら、一〇日後に肖像画が完成した。その喜びもあり、二人は抱き合い、口づけを交わす間柄となってしまった。

その後、哲也とシルヴァーナは、週末になると、ガリバルディ通り付近のロッソ館やビアンコ館の絵画を鑑賞したり、近郊のポルトフィーノまでドライブしたりと、すっかり恋人気分での浮かれた日々を過ごした。

一ヶ月ほど経った頃、哲也は長女のアンナに呼び出された。三〇歳になる彼女は、まるで教師のように哲也に問い質した。

「哲也、最近の二人の様子を見ていて、とても心配なの。シルヴァーナは哲也に夢中のようで、哲也の行動も、それに甘えて好き勝手に振る舞っているとしか見えないわ。一体、この先どう考えているの？」

哲也はアンナの語気にたじろぎながら、

「この先と言っても……、僕もシルヴァーナが好きで、一緒に居ると楽しくて仕方がないのです」

「何を無責任なことを言っているの！　彼女はまだ一七歳の子供よ。分別のある大人のあなたが自分の行動を律しなければ、深刻な事態になるのよ。それとも、将来あなたはシルヴァーナと結婚するつもりでいるの？」

「いや、そこまでは考えていないし、来春には日本に帰国する予定なので……」

「そうでしょう！　それだったら哲也の方で、今の恋人同士のような付き合い方を改めて、友人としての関係に戻さなければならないでしょう。是非そうしてね。私からもシルヴァーナを説得するから、お願いします」

アンナの言葉に、哲也はやっと夢から覚めて、泥沼に入る手前で踏みとどまった。それからはシルヴァーナと二人だけで会うことは避け、マラーノ宅を訪れる際は、皆が在宅している時に限ることとした。

その後も、マラーノ一家は、哲也には、まことに親切で、年末を一人で過ごすのは寂しかろうと、クリスマスにノーラにある彼らの実家に招待してくれた。ノーラはナポリ北東部に位置する古い都市で、ローマがカルタゴと闘った第二次ポエニ戦争の際には、三度にわたる戦闘が繰り広げられた場所として有名である。哲也は、一〇名近く集まったマラーノ一家に交じって、皆と楽しくクリスマスイブを過ごした。母親の手料理ラザーニャ、そして薄切りステーキ、フェッティーナの炭火焼は素晴らしかった。「南のバローロ」と言われる赤ワイン、タウラージの長熟で力強い味に酔いしれながら、マラーノ家の温かいもてなしに感激し、心の中で泣いていた。

ジェノヴァは港町だけに魚介類が豊富に手に入る。フランスの魚介類を煮込んだ「ブイヤベース」は、イタリアでは「ズッパ・ディ・ペッシェ」と称する。これをジェノヴァ方言では「チュッピン」と言って、なめらかで濃厚なスープが絶品である。哲也を訪れる友人には、いつもこの「チュッピン」を御馳走していた。

まだ夏が去らない八月の終わりに、哲也は、高松ミラノ支店長から、日本からの来客のアテンド要請があった。日興本社の船舶航空機本部長の開府と幾島ドック社長の坪石の二人が、ジェノヴァを商談で訪れるので、夜の食事をアテンドするように頼まれた。彼らは、ジェノヴァの船主ラウロと二万五〇〇〇トン級大型フェリーの契約調印のために出張してきたのである。開府本部長は日興社内では自他ともに許す実力者であり、坪石社長は、自分自身のシベリア抑留の経験から、松山近郊に、塀のない開放的刑務所を開設したことで有名である。その際に同郷の松山出身の実業家、故住田正一に世話になり、その後親交を続けていた。住田正一が生前、幾島ドックの進水式に小学生の孫を連れていった。この孫が村上哲也である。坪石は哲也が日興商事に入社して、ジェノヴァに留学していると伝え聞いていたので、わざわざ会いたいと言ってきたのである。

哲也は、ジェノヴァの海岸通り旧港近くのレストラン『アンティーカ・オステリア・ヴィコパッラ』を予約した。魚介類が新鮮で美味しいとの評判である。ところが注文する時になって、ジェノヴァ名物「チュッピン」は当分出さないという。驚いて聞きただすと、昨日の報道で、ナポリ湾近郊に、コレラが発生し蔓延しているとのことである。感染源はムール貝（ムラサキ貝）らしいということで、魚介類が入荷してこない。哲也は、「チュッピン」を供することができない不手際に恐縮しながら、二人に状況を説明した。開府本部長と坪石社長は、事情を理解したものの、欧州先進国イタリアでコレラが発生するのかと、驚き呆れていた。

翌朝、高松ミラノ支店長に連絡をとったところ、直ちに保健所に行って、予防接種を受けるようにと指示された。どうもイタリア国内にとどまらず、欧州各地に飛び火し始めているようである。

このコレラ発生は、イタリア中を巻き込んで大騒ぎとなった。哲也は、辞書片手に懸命になって新聞記事を読み解いた。騒ぎの発端は、八月中旬に、ナポリ湾南のトッレ・デル・グレコに、中東からチュニジア経由で到着した、小型漁船であった。船員の一人が単なる胃病と診断されたが、実は既にコレラに感染していたらしい。船上から流される人糞がムール貝の餌となり、それを食する人々によって、瞬く間に感染は広がっていった。厚生省がムール貝の販売禁止の勧告を出したにもかかわらず、ナポリ市長は、安全なものもあるはずだと発言し、販売の継続を認める混乱ぶりである。人々は当局を信じずに、勝手な行動に走り、瞬く間に感染は広がっていった。コレラ発生発表一〇日後に、保健機関の責任者が、「手をよく洗いなさい」「水とレモンを混ぜて飲むとよい」などという始末で、人々も呆れかえっていた。ワクチン注射は九月一日から開始されたというが、なかなか回ってこない。そうこうするうちに、今度は注射器が足りないとの騒ぎが起こった。九月初旬までにナポリで二〇名死亡し、六〇〇名が隔離されている。ナポリの街は今や無人状態となり、プーリア州のバーリでは、ワクチン輸送車が乗っ取られたり、清掃人のストのために街角では焼き討ち事件も発生している。感染源とされているナポリ湾一帯の磯や海底を破壊するために、海軍艇が出動して、ダイナマイトを使って作業している。

哲也にとっては「これが欧州先進国か？」と驚き果てることばかりであった。新聞は戦後二五年間の南部政策のつけが、今になって回ってきたのだと盛んに書き立てていた。

そんな時に、突然ローマにいる鈴本一誠から電話があった。

「もしもし、哲也さん、一誠です。今朝、ナポリの新聞を見たら、そこにナポリ及びその近郊の病院に収容されている患者のリスト一覧が掲載されていて、なんと菊井卓次さんの名前が載っていたのです。ＴＡＫＵＪＩ・ＫＩＫＵＩと書いてあったので間違いないと思います」

「えっ、本当なの！　それで容態は？」

「そこのところまで分からないのですが、重症者はナポリ市内の病院に完全隔離されているとのことですが、卓次さんは、カゼルタにあるサン・セバスティアーノ病院に収容されているので、命には別条はなくて治癒を待っている状態だと思います」

「ナポリ近郊のカゼルタね、ブルボン家のカルロスが造った王宮があるところだね。一度訪れたいと思っている」

「そうなんですよ、実は、八月にカゼルタ、ポンペイ、アマルフィと周遊する計画を立てていたところ、このコレラ騒ぎでしょう。どうしようかと思って新聞を見ていたら、卓次さんが収容されていることを知ったわけです。不謹慎かもしれませんが、この旅行ついでに卓次さんを見舞おうかなと思って、哲也さんに電話した次第です。どうです、一緒に行きませんか?」

「この時期に南イタリアに旅行するなんて、君も楽観的な男だね。ワクチンを打ったからといって、感染しないとは言えないだろう」

「哲也さん、私が医者の息子であることをお忘れですか? 今のワクチンはかなり強力でよく効きます。生水、生魚を食べなければ、まず大丈夫です。現にアフリカ原住民なんかはコレラ菌と共生してなんでもないのですから。我々は若いし、刺身や生野菜で雑菌に鍛えられてきた世代ですから大丈夫ですよ」

「それならば、とても深窓のお坊ちゃんとは言えないあの卓次が、何故感染したのだろう?」

「卓次さんのことだから、大きなサラダボウルに入ったムール貝を貪り食べたのではないでしょうかね」

「ともかく紅忠商事ミラノ支店に連絡をとって、卓次がどうなっているのか詳細を聞いてみる」

さっそく哲也が紅忠商事に確かめたところ、卓次は一人で南部イタリアを周遊旅行していたとのことであった。一〇日前からナポリに滞在していたところ、激しい嘔吐と下痢に見舞われ、直ちにカゼルタの病院に収容されたとのことである。重症ではないので、一週間以内に退院できるとのこと、また面会も許されるとの話であった。

哲也のフィアット・クーペは、排気量九〇〇ccしかないが、走行性は素晴らしい。ジェノヴァからリグリア海岸を南下して、ピサ経由フィレンツェに入り、そこからはローマを目指し、高速道路のA１（太陽道路）をひた走った。延べ走行距離六〇〇キロだが、昼過ぎにはローマ郊外の鈴本一誠の下宿先に到着した。二人でローマの下町トラステヴェレに出て、思い切って高級レストラン『サバティーニ』に入った。オープンテラス席で、流しの歌声に包まれての食事は、何故か二人に日本への郷愁を駆り立たせた。さすがにコレラ騒ぎで、名物のスパゲッティ・アレ・ボンゴレは、メニューから外していたので、ブッカティーニ・アラ・マトリチャーナを注文した。穴あきスパゲッティの中に、トマトとパンチェッタが混じり合うソースが、充分にしみ込んでいる絶品であった。

翌朝二人は、Ａ１をさらに二〇〇キロ南下して、カゼルタにあるサン・セバスティアーノ病院に到着した。哲也は、緑に囲まれた白亜の建物を眺めて、「先進国といえないイタリアでは、随分と立派なものだ」とつまらないところに感心した。コロナ騒ぎにしては、ロビーに人はまばらである。隣接する応接コーナーで待っていると、パジャマ姿の卓次が現れた。少しやせ細った姿ではあったが、表情はいつものように朗らかなので安心した。

「いやー参ったよ、でも来週には退院できるからね」と卓次が切り出した。

「新聞に名前が載るくらいだから、心配しましたよ。卓次さんのことだから、また変なことをして、コレラに感染したのではと勘ぐっていました」と一誠が微笑みながら言う。

「今回は、シチリア一周とポンペイ、ナポリを、八日間で回るとの強行スケジュールを立てたんだ。最後の訪問地ナポリを訪れた時には、かなり身体が疲れていたことが、コレラ感染の第一原因だと思っている」

「それはきつすぎる。ミラノを出発してからの走行距離を考えると、大変なものだ」と哲也は驚いた。

「全部で二二〇〇キロ前後かな、一人でマップ片手の運転だから気が休まらない。おまけにイタリア南部は強烈に暑い。シチリアを時計回りに回って、六日目に南イタリアに戻ってきた時には、心身ともに疲れ切っていた。でもその日ポンペイ遺跡を訪れた際に、デンバーから来た三〇代前半のアメリカ女性と出会ってね、意気投合してアマルフィに一緒に行ったんだ」

「また卓次さんの悪い女癖が出てしまったのですね」と一誠が苦い顔をする。

「まあ、そう言われればそうだ。彼女、名前はエンマと言うのだけれど、考古学に興味があってね。ポンペイ訪問のあとは、古代ローマ時代に海洋国家として名を馳せたアマルフィを訪れてみたい、という次第で当初のスケジュールを変更して、アマルフィに立ち寄ったんだ」

「アマルフィへは、真横に海が迫る絶壁の海岸線を走っていくと聞いたけれど、よく運転できたね」と哲也が驚いた。

「確かに恐ろしかった。そんなに厳しい道でも、イタリア人は追い越しをかけてくるので参ったよ。それはともかく、なんとかアマルフィに到着して、その晩は海岸沿いのレストラン『ラ・カラヴェッラ』で食事した。俺もナポリでのコレラ騒ぎは聞いていたので、メニュー選びは慎重になったのだけれど、彼女が、ズッパ・ディ・ペッシェを食べなければここに来た甲斐がない、と強く主張するので注文したわけだ。ムール貝も多少入っていたが、いわば魚のごった煮なので、火が通っているので平気であろうと思った。今から考えれば、浅はかなことをしたと反省している」

「卓次さんは、女性となると理性を失うので、どうしようもありませんね」と一誠が非難した。

「エンマの祖先は、アメリカ原住民のインディアンだから、ちょっとやそっとでは倒れない、などと豪語されては、こちらもたじろぐ姿勢を見せられなかったんだ」

哲也も一誠も呆れた様子で、卓次の話を聞き続けた。

「翌朝、彼女をナポリ中央駅まで送った。その後、コレラが蔓延しているナポリで市内を観光するのも危ないから、早々にローマに向かおうと思った矢先に、腹がおかしくなって、下痢が止まらなくなってしまった。自分でもしまったと思って、近くの保健所に駆け込んで検査してもらった。ナポリ市内は混乱していたが、仮設の保健所を設けたり、コレラ患者を病院に振り分ける体制はできていたよ」

「エンマはその後どうしたの?」と哲也が訊ねた。

「ナポリから列車でフィレンツェに向かったのだけれど、連絡のしようがないからね。インディアンの血を引いていると豪語していたから、意外とぴんぴんしているかもしれないね」と卓次は苦笑した。

「この仮設保健所に駆け込んで、検査をしてもらい、コレラに感染していることが確認された。下痢は続いたが嘔吐もなく軽症なので、ここサン・セバスティアーノ病院に搬送されたわけだ。重症者受け入れのナポリ市内の病院では、相当混乱しているようだけれど、この病院では長期結核療養者を収容しているみたいに、のんびりしている。看護婦の中には、マスクも手袋もつけていない者がいて、伝染病対策をちゃんとしているのか、こちらが心配になるくらいだ」

「卓次さんの名前が、収容者リストの欄に載っているので、びっくりしましたが、本当に軽症で良かった」と一誠がホッとした声で言った。

「皆さんに、大変迷惑をかけて申し訳なかったと反省しています。日頃から新聞記事を読み解き、テレビのニュースも、しっかりと理解する努力をしていなかったつけが回ってきた。イタリア語研修生として恥ずかしい」

「それもあるけれど、卓次は女性と見ると、平常心を失うからいけないのだよ」と哲也が苦笑いした。

「紅忠商事ミラノ支店長からは、電話口で怒鳴られてね。でも入院翌日には、総務部のイタリア人スタッフを、この病院まで派遣してくれた。下着や必需品の差し入れをしてくれたうえに、病院側責任者と事務的な処理をすべてしてくれた。指定伝染病だから、治療も入院費も原則無料だけれど、やはりそれなりの費用を払えば、待遇も良くなるのが、ここイタリアだからね。海外でうろついていても、いざという時は紅忠商事がしっかりと助けてくれる有難さを実感した」

卓次の言葉は決して他人事ではなかった。哲也も日興商事に護られているからこそ、自由に飛びまわれる身の上を、つくづく有難いと思った。

一方、一誠は多少複雑な表情を見せて、卓次の話を聞いていた。卓次や哲也のように、護ってくれる会社があるわけではなく、異国で伝染病に罹り、命の危険にもさらされた時には、自分はどうしたらよいのだろうと、改めて孤独感を嚙みしめているように見えた。

第一三章　一九七四年春　トリノ騒動

哲也は一九七三年一月から、ジェノヴァ大学政治経済学部に聴講生として通い始めたが、彼のイタリア語能力では、法律や経済関連の教材を、すらすらと読み解くことはできなかった。予習・復習もままならないままに時は過ぎ去り、五ヶ月も経たぬうちに早々と諦めて、あまり大学には通わなくなってしまった。

全く周囲に日本人がいないことは寂しいもので、これを紛らわせるかのように、愛車を駆って北の国境を越えて欧州各国を旅した。またこの年は、映画の当たり年で、「ゴッドファーザー」「ルードヴィヒ」「キャバレー」「ラストタンゴ・イン・パリ」などを何度も見ては感激していた。

このような哲也にも、声をかけてくれる学生がいて、カミッロ・シャレッロはその一人であった。彼は思想的には右翼であり、共産党などの左派を毛嫌いしていた。日本の天皇制にも興味を持ち、哲也にいろいろと質問をしてきた。またイタリアと同じ敗戦国にも拘わらず、急速に経済発展をしてきた日本に敬意を抱いていた。

彼から質問をぶつけられる哲也は、対応に四苦八苦したが、日常会話を超えて、政治経済の話題を語り合うことで、大いに勉強になった。

彼の家柄、シャレッロ家は、一七世紀まで遡るジェノヴァの名家で、父親は著名な企業法務弁護士で、カミッロも将来は弁護士になることを目指していた。

時折、カミッロの家に招かれた。ジェノヴァ湾を見下ろす丘の上に立つ邸宅で、カミッロの両親と一緒の夕食の際は、哲也は緊張して、どのような話題に持っていくか、それをイタリア語でどのように表現するかの予行演習を、念入りにおこなった。七月初旬には、毎年恒例の花火大会が、この邸宅の眼下の海岸公園で催され、今回は日本から特別に花火師を呼んでの大掛かりなものであった。哲也もカミッロと一緒に、バルコニーに椅子を並べて、華麗なる夜空の祭典を楽しんだ。かつて小学生の時に、家族で諏訪湖の花火大会を見物した時の思い出と重なって、日本への郷愁もひとしおであった。


一九七四年春、カミッロが、いつになく険しい顔をして、昨日のトリノでの出来事を興奮した口調で哲也に語った。トリノのフィアット労働争議に端を発して、左翼派労働者と学生連合によるデモ隊が暴徒化し、この鎮圧にあたった警察隊と衝突し、双方に死者と負傷者を出す大惨事となった。カミッロは右翼政党ＭＳＩ（イタリア社会運動党）の指揮する部隊の一員として、後方ではありながら、投石などして、左翼デモ隊と闘ってきたのである。

イタリアでは、一九六九年秋に労働運動と学生運動が最も高揚し、「熱い秋」と呼ばれた。労働者組織の要求は賃上げと言った経済的側面にとどまらず、南北間の格差是正など社会的側面にも及び、その要求の一部は一九七〇年の労働憲章に結実した。一方、イタリアの左翼化傾向に危惧して、ジョルジョ・アルミランテがネオファシズムの「イタリア社会運動党」ＭＳＩを創設し、与党キリスト民主党とも手を組んで、一九七二年には議席を八〇以上にも伸ばしていた。カミッロはこのＭＳＩの青年組織に属しているのである。

昨日の衝突は、新聞でも一面で大きく報じられていたので、哲也も一通りの情報は得ていたが、カミッロの内容は、まことに生々しく陰惨であった。彼は話を一区切りしたところで、意外なことを口にした

「それはそうと、この騒動の裏で、一人の日本人活動家が関与しているとの噂だ。パレスチナの日本赤軍から派遣されて、警察隊との闘争の戦術面で、いろいろ教えているらしい。

例えば火炎瓶の作り方とか、敷石を剝がして武器に使うとか……、どうも日本の大学闘争で経験を積んだ者らしい」

哲也はこれを聞いて、もしや遠藤賢一ではないかとハッとした。

「その日本人の名前はなんていうの?」

「いや、名前までは聞いていない。なかなかの風貌ではあるようで、年齢的に我々世代のようだ。哲也に心当たりがあるの?」

「いや、そういうことではないけれど……、変なところで日本人が活躍しても困るね」

哲也は、言葉を濁して返答したが、内心では「遠藤賢一」に間違いないと確信した。

第一四章　男女四人国境越え物語

ある日、ミラノにいる石塚美紀から突然連絡があり、一度折り入って話したいことがあるということで、ジェノヴァにやってきた。

美紀はミラノのブレラ美術館で、美術史を学びながら、展示物の管理業務の仕事に携わっている。アッシジにいた文化財修復士のパオラ・オルランドが、ミラノに戻っていたので、哲也は彼女を美紀に紹介した。美紀は時々パオラを訪問して。親交を深めているようだ。美紀の話では、今やパオラは、サンタ・マリア・デッレ・グラツィエ教会にあるレオナルド・ダ・ヴィンチの壁画「最後の晩餐」の修復に、取り組んでいるとのことである。もともとは厨房の裏の食堂に描かれた壁画だけに、長年の湿気で傷みが激しかった。この名画の修復はいわば国家的事業である。その修復作業の責任者としてパオラは一躍脚光を浴びているらしい。

美紀は、相変わらず知的で落ち着いた雰囲気を漂わせていたが、以前に比べ化粧と装いが多少派手になっていた。やはりイタリアナイズされてきたということであろうか。哲也がよく通っているトラットリア『コロンボ』に案内し、夕食を取りながら延々と話し込んだ。

「哲也さん、先日トリノで起きたデモ隊と警察隊との衝突事件は、勿論知っているわよね。この事件に遠藤賢一さんが関与していたの」

「そうか、つい先日もイタリア人の友人が、そのようなことを言っていたけれど、やはり本当だったのか」

「もう哲也さんの耳に入っているとは驚きだわ。賢一さんは、昨年一二月のペルージャでの大学紛争に関与してから、イタリア左翼過激派との繋がりを深めていたのだけれど、トリノ騒動でも、かつての東京での街頭闘争での経験を買われて、大衆とデモ隊を陰で指導する一人であったわけなの。既にペルージャ紛争で、警察に追われる身であったので、今度のトリノ事件後は、警察の追及がますます厳しくなってきたの。警察は今のところ、賢一さんと私との繋がりまでは把握していないようだけれど、私も盗聴や見張りには注意して生活しています」

「そうか、やはり君は今でも賢一と連絡を取り合っていたのか」

「ごめんなさい。セストリ・レバンテのホテルでは、彼の転居先は知らないと、哲也さんに嘘をついてしまいました。将来何か必要なこともあるかと、お互いに転居先を教え合ったの」

「それで、賢一は今どうしているの？」

「実はそのことで、哲也さんにお願いがあって、こうしてジェノヴァにやってきました」

と美紀は急に深刻な顔つきになって語り始めた。

「賢一さんとは、彼がペルージャを去った一九七二年一一月末以来、ずっと疎遠になっていました。ところが先週彼から電話があり、今ミラノにいるので、一度会いたいと言ってきました」

「そうか、ミラノに潜伏しているのか。警察は規模も拡張して、徹底的に左翼過激派を洗っているから、危ないね」

「そうなのよ、彼もこのままでは捕まってしまうので、なんとか国外に逃げたいと懸命になっていて、そこで私を頼ってきたの」

「どういうこと？　君を巻き込んで、どうしようというのだろう」

「賢一さんは、陸路でオーストリアに脱出する計画を立てたのです。オーストリアに入ってしまえば、あとはパレスチナ解放戦線の組織が、彼をピックアップして守ってくれる手はずになっているということです」

「そもそも彼の罪は何になるのかな?」

「いわゆる騒乱罪で、ペルージャ大学事件はたいしたことはないけれど、トリノ騒動に関しては首謀グループの一人と見なされて、捕まれば二、三年の実刑判決は免れないでしょうね」

「そうか、事態は深刻だ」

「話を続けますね。計画と言うのは、賢一さん、哲也さん、私、そしてもう一人女性を加えて合計四名が、スキー旅行に向かう日本の若者グループを装って、国境を越えられないか、とのアイディアなの。このようなことを頼めるのは、哲也さんしか思い当たらないのです」と美紀は哲也を直視して、言い放った。

哲也はあまりのことに、啞然として美紀の顔を見つめるばかりであった。

しばらく互いが沈黙した後に、美紀が再び説明を続けた。

「ごめんなさい、突拍子もないことを言って。でも賢一さんと私がいろいろ相談して、これしかないと考えだしたの。最初は、彼も哲也さんを巻き込む計画には躊躇していました。

そこで私が最近の同じような事例を調べたところ、もし国境で捕まれば、計画立案の張本人である私の罪は逃れられないものの、哲也さんは、事情を知らずにスキー旅行に誘われた者として押し通せば、逃亡補助罪とか隠匿罪に問われることはないと判断しました。いずれにしても、こちらで勝手に計画を考えたことなので、どうするかは勿論、哲也さん次第です」

哲也は、素早く頭を巡らした。万一の時には、たとえ罪に問われなくとも、日興商事ミラノ支店に多大の迷惑をかけるであろうし、直ちに帰国させられるかもしれない。一方、遠藤賢一とは主義主張は違うものの、互いを認め合ってきた友情には、実に深いものがある。黙って答えを待つ美紀を前に、哲也の頭はクルクル回って混乱するばかりである。突然、あることに気がついた。

「ところで、もう一人の女性は誰にするつもりなの？」

美紀はしばし哲也を直視し、そして答えた、

「酒井理恵……、彼女には昨日事情を話してＯＫをとりました」

哲也はまたまた仰天して、美紀を見つめるしかなかった。

「哲也さんには話していなかったけれど、私は理恵と始終連絡を取り合っているの。ペル

ージャでイタリア語初級コースのクラスメートになって以来、すっかり親しくなりました。彼女は何かと私を頼りにしているし、私も可愛い妹のような気がして、ペルージャを離れたあとも、時々フィレンツェを訪れては、彼女の相談相手になっていました。そのようなことで、我々の計画には、二つ返事でＯＫしてくれました」

「とても信じられないな、あの酒井理恵がね……」

「それに彼女は、できれば哲也さんにも入ってもらって計画を実行すると聞いて、目を輝かしていたわ」

「そうか、ジャンニ・モランディに憧れていた乙女がイタリアにやって来て、男性ばかりの厨房でシェフ修業、そして今また危険を顧みずに人助け……、その強靱な意志と、あの可愛い顔がアンバランスなのが面白いね」

「哲也さん、何を訳の分からないことを言っているの。そんなことよりも、御検討をお願いします。賢一さんもいろいろ悩んでいたけれど、このようなことを頼めるのは哲也さんしかいないと言っている。本来なら、彼自身から哲也さんにコンタクトしてお願いすべきなのですが、どこでどのように見張られているか、盗聴されているか分からないので、私が代理してお願いにあがりました」

すがるような目で、深々と頭を下げる美紀を前に、哲也はすっかり混乱してしまった。

「美紀さん、至急決めなければならない事情は、よく分かった。まずはこの計画の詳細を聞いたうえで、僕に三日ほど検討する時間をもらえるかな？　心情的には是非協力したいと思うものの、客観的に見れば、犯罪に加担する行為にはなるからね。僕自身の問題もあるけれど、日興商事には迷惑をかけたくない」

「大変なことをお願いしていることは重々承知しています。あとは哲也さんの判断に従います」

「もし僕が参加できないとしたら、この計画はどうするの？」

「三名でやるしかないと思っています。賢一さんの友人のイタリア人を引き入れては、国境検問所でかえってチェックを受けやすいと考えています」

それから一時間にわたって、美紀は哲也に、計画の詳細を説明した。

賢一と美紀、そして哲也と理恵の二組の日本人カップルは、哲也の車で、ミラノからオーストリアのインスブルックに向かう。憧れのインスブルックで、スキーを楽しむ日本の若者たちのように装い、わざわざ二セットのスキー板を車のルーフキャリアに載せて走る。

哲也が三名をミラノ中央駅でピックアップして、オーストリアとの国境、ブレンナー峠に向かう。美紀の調査によれば、スイス国境とは異なり、国境検問所でのチェックは殆どなく、特に日本人旅行者であればフリーパスに近いとのことである。ミラノからブレンナー峠までは、ブレーシャ、ボルツァーノを経由して、二時間前後の走行となるが、すべて高速道路を走るので、途中で検問に遭遇することはない。無事国境を越えたら、あらかじめ予約してあるインスブルックのホテルに向かう。ホテルにはパレスチナ解放戦線の仲間が、賢一と美紀を迎えに来る。哲也と理恵は、ホテル側の疑念を招かないためにも二泊してスキーを楽しむ、との計画である。

美紀と別れた後に、哲也は彼女から聞かされた計画を、頭の中で何度も反芻してみた。昨年も車でブレンナー峠を越え、オーストリアに入ったことがある。確かイタリア側検問所とオーストリア側検問所が一〇〇メートル間隔で位置しており、車窓からパスポートを提示するだけの簡単なチェックであった。賢一は、昨年より偽名のパスポートを携帯しており、今までイタリア滞在中に、これで足がついたことはないという。またペルージャ大学紛争やトリノ騒動に関与したといっても、首謀者ではないので全国指名手配されているわけではない。

哲也は眠れぬままに思い悩んだ。お互いが若く純粋であった駒場キャンパス時代のエピソードが、走馬灯のように頭の中を駆け巡る。一方、日興商事高松支店長の顔が浮かんできては、哲也の心に重くのしかかる……。

それにしても、いつもは地味な美紀の凄みに、改めて気づかされた。賢一とは同郷で、思想的には繋がっているものの、いざという時には、自分の身の危険も厭わない行動にでる彼女の姿に、ただただ驚いた。

哲也は三日三晩思い悩んだ末に、計画実行に参加することを決意した。


イタリアも復活祭に入る三月末になると、春の訪れを感じて街々が華やいでくる。ミラノ中央駅周辺は、車道も歩道もごった返していた。哲也は、中央駅出口横のドゥーカ・ダオスタ広場にフィアット・クーペ８５０を静かに乗り入れた。すぐさま木陰からスキーの装いをした日本人三名が出てきて、挨拶もそこそこに、車に乗り込んだ。

「哲也、今回は本当に無理を言って申し訳ない。君の変わらぬ友情になんと感謝して良いか、言葉も見つからない」と賢一が後部座席から深々と頭を下げた。横の美紀も、哲也にすがるような目をして一緒に頭を下げた。

「賢一とは一昨年の秋以来の再会だね。意外とやつれていないので安心したよ。この計画に参加することには、僕もいろいろ悩んだけれど、リスクはまずないと判断した。窮地にある友人に、手を差し伸べなかったことを、後々後悔したくはないしね」

助手席に座った理恵は、哲也の右袖を引っ張りながら、しゃべり出した。

「ねえ哲也さん、私とも一昨年の秋以来御無沙汰ですよ。あれからちっともフィレンツェに来てくれないじゃないですか。私も見習いを卒業して、正式なシェフになりました」

長い髪をかき上げながら、きらきらと輝く目で哲也を見つめて話す理恵は、本当に眩しい。ますます魅力を増したようだ。

「そうか、若き女性シェフ誕生か、素晴らしいことだ。ところで深田則夫君は元気にしているかな」

「則夫さんは、いつも私のことを気にかけてくれているの。困ったことがあるたびに相談しています。彼も革製品工房で、イタリア人の職人たちとうまくやっているみたいです」

美紀が後部座席から身を乗り出して、二人の会話を遮った。

「哲也さん、挨拶はこれくらいにして、早く出発しましょう。あまり長く停車していると怪しまれるわ」

フィアット・クーペは、一路ブレンナー峠を目指してひた走った。まず高速道路Ａ４を東に一〇〇キロほど行って、ヴェローナの手前でA22に入って北上する。そこから一五〇キロも走れば、もう国境である。

車中では、皆の気分を高めるかのように、理恵が自分のシェフ経験を、面白おかしくしゃべり続けた。彼女からすれば、イタリア人は欧州の中では優れた味覚を持っているが、とても日本人には及ばないとのことである。醤油とかポン酢を巧みに使う日本人の繊細な味覚は、世界に比類なきもので、我々はもっと自信を持つべきだと力説した。哲也はハンドルを握りながら、そんな彼女の話を興味深く聞きながら、二年も経たないうちに、ペルージャ時代の可愛らしい理恵が、すっかり成長したことに驚いていた。二〇歳そこそこの乙女が、イタリア人男性に交じって、厨房に入ったのだから、苦労の連続であろう。しかしそんな毎日で揉まれても、彼女の清潔な華やかさが、未だしっかりと残っていることを見て、哲也は嬉しくて仕方がなかった。

車中で賢一と美紀は口数が少なかった。二人とも、多くを語ろうとしなかったが、先日のフィアット労働争議に端を発したトリノ騒動には、賢一も巻き込まれて、左翼過激派の一味とされてしまったようだ。しかし、もともとペルージャ大学紛争に主体的に関与したことが事の始まりで、今更悔やんでも致し方ないことである。自ら蒔いた種は、自分で刈り取らねばならないさだめであるというようなことを、淡々と話していた。もはやこの活動から抜けられないと話す賢一には、一九六九年当時に全共闘幹部として、激しく檄を飛ばしていた面影は、全く消えていた。また賢一は、最近イタリアでは、要人へのテロ行為を厭わない極左過激組織「赤い旅団」の活動が、活発になってきていると教えてくれた。哲也はこれを聞きながら、賢一がこの赤い旅団からオルグされ、引き込まれていくのではと危惧した。

美紀はインスブルックに入ったあとはどうするのだろう。とりあえず賢一についていくが、レバノンのベッカー高原に戻る賢一とは行動を共にしないようだ。先日会った時は、そのままオーストリアに住むようなことを漏らしていたが、どのように生活していくのか当てはあるのだろうか。哲也はこの点を心配して美紀に探りを入れたが、彼女の返事は、言葉を濁して曖昧であった。

A22を北上し、ドロミテ山塊を右手に見て、アルト・アディジェ州都のボルツァーノを過ぎれば、ブレンナー峠はもうすぐだ。四人ともさすがに緊張してきて、口数が少なくなってきた。

遠くにイタリア検問所が目に入ってきた。哲也は速度を落としながら、慎重に検問チェックレーンに車を滑らせた。所定の位置に停車し、左の窓を全開にして、笑顔で「ボンジョルノ!」と挨拶して、軍服を着た官吏に、まとめて四人のパスポートを差し出した。官吏は不愛想で、窓から車内をのぞき込んで、一人一人をパスポートの顔写真と照合していった。賢一のところで、心なしか官吏の手が止まり、パスポートの写真と本人とを、じっくりと照合しているように見受けられ、四人の心臓の鼓動は高鳴った。

官吏はやっと哲也に視線を戻し、パスポートを手渡しながら「行ってよい」との仕草をした。

哲也はホッとして、ゆっくりと車を走らせ、一〇〇メートル先のオーストリア検問所に入っていった。今度は愛想の良い官吏であり、笑顔で「グーテンターク」と言って近づいてきた。しかしチェックは意外と厳しかった。四名全員が車から降ろされ、官吏が車内とトランク内をチェックした。最後にインスブルックでの宿泊先を尋ねられ、哲也が「ホテル・ザイラー」と答えると、この官吏はスキーで滑る恰好をしながら、「楽しんでください!」と微笑み返してくれた。

ブレンナー峠を越えて、オーストリアに入ると、道幅も広くなり、哲也はなだらかなカーブに沿って、軽快に車を走らせた。皆は、緊張から解き放たれて、安堵した気持ちが車内に漂っていた。インスブルックまで、あと僅か三〇キロだ。右手前方にチロル地方特有の濃いエンジと白の瀟洒なコテッジが見えた。『WIEDERSEHEN』との看板が見えてきた。哲也は「今オーストリアに入ってきたばかりなのに、さよなら、という名前の店もおかしいな」と一瞬思ったが、寧ろ、この四人が揃って集まることはもうないと、暗示しているのではと考え直した。速度を緩めて近づき、乗りつけると、そこはコーヒーハウスであった。

「哲也さん、どうしたの？　こんなところに停車して」と理恵が訝しんだ。

「緊張が続いたドライブだったから、ここで軽食を取って一休みしよう」と皆を促した。

賢一も美紀も、すっかりリラックスした表情で、哲也の提案に従った。店内には一組の客が居るだけであった。店の奥のテラス席に出ると、素晴らしい景色である。遠く北にはバイエルンアルプスの山脈が連なり、その麓の谷あいにインスブルックの街が、あたかも浮かんでいるかのように見えた。さっそく哲也は、ウェイトレスに頼んで、この素晴らしい展望を背景に、四人の写真を撮ってもらった。テラス席に座った後も、四人とも無言で遠方に目をやり、それぞれの思いに耽った。

哲也は、賢一と美紀の行く末を案じていた。イタリアを出国したあとの計画は、殆ど聞いていない。賢一はレバノンのベッカー高原に戻るとのことだが、美紀は一緒に行かないと言っていた。

「美紀さん、君はこれからどうするの？」

美紀は一呼吸おいて、真っすぐに哲也の目を見た。そして、今度はしっかりと説明を始めた。

「ミラノを引き払って、ウィーンに住みます。哲也さんには隠し立てして申し訳なかったのだけれど、パオラ・オルランドの紹介でウィーンの古代ローマ博物館に職を見つけたの。これもパオラを紹介してくれた哲也さんのお陰です。本当に何もかも助けていただいて、お礼のしようもありません」

「そうか、賢一と一緒にレバノンには行かないんだね」

「賢一さんは大事な先輩で、思想的には同志だけれど、恋人ではないですからね。私は既にウィーンに下宿先を決めて、引っ越し荷物は発送しておきました」

「パオラも、美紀さんに相応しい仕事を、よく見つけてくれたね。イメージとしてもウィーンは芸術性豊かな街だから、君にぴったりのような気がする。でもイタリアからいなくなるというのは、寂しい限りだ」

「哲也さんだって、五月には日本に帰国するのでしょう？　寂しくなるのは私の方よ」と理恵がすねた声を出した。

「菊井卓次と鈴本一誠も今年中には帰国する予定だ。愈々、わが心の故郷イタリアともお別れだな。今後は理恵ちゃんと則夫君には、我々日本人の代表として、頑張ってもらわないとね」

多少沈んだ様子の理恵を横に見ながら、哲也は賢一に語り始めた。

「ペルージャで賢一と偶然再会したことには、何か運命的な繋がりを感じるな。そしてかつてのように、君はまた僕の目の前から居なくなる。これもあらかじめ定められた道筋のような気がする。君の旅立ちをもって、僕の青春時代の一区切りのような気がする」

「哲也も少々感傷的になっているね。でも僕をそれほどまでに認めてくれて、本当に嬉しい。哲也のような都会育ちにとって、僕の存在は、大学時代からアンチテーゼ的な刺激であり興味であったのかもしれない」

「そうだな。君とは、思想とか主義主張は全く違う。あまり激論を交わしたことはないけれど、初めから一致することがないと分かっていたからこそ、お互いに避けていたのかかな。

大学時代は、僕のようなノンポリは、君の純粋一徹の言動を真似ようにも、それをする勇気はなかった。あの時代に世の中を変えようと思ったのは賢一たちであり、世の中なんてそう簡単に変えられないから、妥協していこうと考えたのは、我々ノンポリ学生だった」

「哲也の言う通りだ。ただ我々が間違ってしまったのは、革命理論と思想が、現実と大きく乖離してきてもそれを認めようとせず、しゃにむに突き進み、最後は暴力化してしまったことだ」

「賢一、そこまで実情を分かっているのであれば、何故闘争活動から足を洗わないの？こうしてイタリアからうまく脱出できたのだから、ベッカー高原で平穏な生活を送ればいいじゃないか」

「そうだね、僕もそう思う。しかしここまで来ると、簡単に抜けられないのも現実だ。ベッカー高原に戻ったらトライはしてみるけれど」

「お二人とも大学時代に戻って、理論闘争みたいね。でも羨ましい、主義主張は違えども、友情は変わることなく永遠です」と美紀が微笑みながら混ぜ返した。

インスブルックのホテル・ザイラーに到着したのは一四時過ぎであった。既にロビーには、賢一と美紀を迎える仲間二名が来ていて、直ちにウィーンに向かうとのことであった。哲也は賢一と固い握手を交わし、「無理をしないで、自分を大切にしろよ」と言った。賢一は哲也を真っ直ぐに見て頷いた。

美紀は哲也の前に進み出て、深々とお辞儀をし、「何から何までお世話になり、本当にありがとうございました」と言う顔は、半分泣いていた。哲也は、彼女の肩を優しく抱きながら「美紀さん、落ち着いたら連絡してね。だいぶ痩せたようだけれど、もっと食べなければ駄目だよ」と言った。

哲也と理恵は、二人を乗せた車が遠ざかっていくのを見つめながら、ただ立ち尽くしていた。

インスブルックは、マリー・アントワネットの母として知られる女帝マリア・テレジアがこよなく愛した街で、アルプスの麓にゴシックとルネッサンス様式の建物が広がり、まことにロマンティックな雰囲気を醸し出している。イルミネーションで浮き出された夜のインスブルックは格別である。

哲也と理恵は、チロル郷土料理で有名な『テラスエーデルワイス』で夕食を取った。

前菜はスペックとジャガイモを炒めたもの、メインはウインナーシュニッツェルで、仔牛を薄くたたいてパン粉をつけて揚げ、これに甘酸っぱいりんご味のソースをたっぷりつけて味わった。黒ブドウから作られたワインの「シラーズ」がなんともよくマッチしていた。

「国境越えも、あっという間に終わりましたね。何事もなく無事でよかった」と理恵はすっかり寛いだ様子で、哲也に語りかける。

「僕も運転には気を遣って疲れた。スピード違反や追い越しで捕まったらいけないと、緊張の連続だった」

「ご苦労様でした、哲也さん。これからはリラックスしてインスブルックの旅を楽しみましょう」。

「そう言えば、理恵ちゃんは北海道出身だったね。小さい時からスキーには慣れ親しんで上手だろうね。折角二泊予約したのだから、明日は大滑降を楽しもう。ノルトパークスキー場は眼下にインスブルックの街を見ながら滑降するので、素晴らしいようだ」

「中学生の時に東京に来て以来滑っていないから、大丈夫かしら。哲也さん、ちゃんと面倒見てね」

「ところで美紀さんは、ウィーンに移り住むと言っていたけれど、イタリアには未練があるだろうな。賢一の国外脱出に絡むからといって、わざわざ彼女まで移住することもないと思うけれどね」

「実は美紀さんは、もともと心臓に疾患を抱えているので、あまり長生きするとは思っていないようね。従って考え方に多少虚無的なところがあるの。ウィーンに移るのも、そんな彼女の人生観から来ているのかしら」

「そうだったのか、僕は少しも気づかなかった」

「彼女は美術史が専門だけれど、ちょっとした文章も書くのよ。近々日本の白山社から『ペルージャ、中世の香り漂う風景』というエッセイを出版するそうです。私も原稿を見せてもらったけれど、鋭い観察眼でペルージャの情景を綴っていて、なかなかのものです。イタリアの街を書いたものと言えば、とかく輝く太陽と陽気なイタリア人を中心に展開するのだけれど、美紀さんは、寧ろ過去への哀愁から抜けきれない街として、冷徹にペルージャを描いています。ウィーンに移り住んだら、またエッセイを書くかしらね、『ウィーン、闇の中にワルツ漂う風景』なんて題がいいのかしら」

「美紀さんは知的な女性と思っていたけれど、美術に文学にと多才だね」

「私たちはペルージャで初めて知り合ったのだけれど、美紀さんは本当に芯の強い人なの。自分の家庭のこととか、育ってきた環境などあまり話してはくれなかったけれど、いろいろ苦労したみたいね。だからこそ、他人の悩みとか苦しみを、よく理解できるのかもしれない。私はこういう性格だから、何でもあけっぴろげに打ち明けて、相談に乗ってもらいました。実の姉のように美紀さんを慕ってきました。これからも彼女とは連絡を密にとるようにしていきます」

「そうか、君と美紀さんがそんなに親しくしていたとは知らなかった。美紀さんは何か謎めいたところがあり、その深み故に魅力的な女性だ。遠藤憲一との繋がりも不思議だ。いくら高校の同級生と言っても、恋人でもないのに、以心伝心の間柄で、憲一に寄り添い、彼の窮地を救ってあげている。計り知れない思慮と実行力の持主だね」

「私も、美紀さんには何か秘めたるパワーみたいなものを感じるわ」

「今後の遠藤憲一の無事を祈って、そして石塚美紀の新生活にも幸あれと乾杯しよう」と哲也はワイングラスを掲げて、理恵と再び杯を交わした。

二人は、達成感のような心地よい気分となって、レストランを後にしてカイザーホテルに戻った。

　哲也は部屋のソファに寛いで、冷蔵庫からアルマニャックを取り出して飲み始めた。理恵が横に来て遠慮がちに座った。いくら活発な彼女でもまだ二一歳である。

「哲也さんの帰国の日取りは決まったの？」

「五月末の予定だけれど、やはりこのインスブルック旅行が気になっていてね、これを無事終えたら決めようと思っていた」

「寂しくなるわ……」

「今までも僕が理恵ちゃんの世話をしてきたわけではないから、そんなに感傷的になることはない。深田則夫君が近くにいるじゃないか」

「そうね。次々と親しい仲間がイタリアを去っていくから、心悲しくなるのは仕方がないのかしら」

「寧ろ僕の方が感傷的になっている。留学生としてイタリアにやってきて、あっという間に時が経ってしまった。常にホームシックのような一抹の寂しさを感じながらも、毎日が新鮮で刺激的で、とうとう帰国の時を迎えてしまった。僕の奏でたイタリアン・ラプソディーも、いよいよ最終楽章に入ったというところだ」と哲也は半ばおどけて、今の心境を吐露した。

「顔に似合わず、しゃあしゃあとキザなことを言う、哲也さんのそういうところが好き！」と理恵は笑いながら、哲也にすり寄った。

哲也は理恵の肩を優しく引き寄せた。

二人は明け方まで語り合い抱き合った。哲也は、若鮎のような身体にすっかり溺れてしまった。横で穏やかに眠る理恵を眺めていると、イタリアを去る悲しみが押し寄せ、帰国後の不安が次第に募ってきた。

第一五章　時の流れのままに

一九七四年五月末に哲也は帰国し、配属先は船舶部であった。二年間のイタリア研修とは全く無縁の部署である。

哲也は、前年夏にジェノヴァで、開府本部長と坪石社長のアテンドをしたことがもとで、開府に気に入られ、船舶部に引っ張られたのである。開府は既に常務に昇格していたが、「開府軍団」を率いて、船舶・航空機分野で日興商事の商圏を確立して、社内での実力者となっていた。彼が哲也を船舶部に配属させたいといえば、人事部も素直に従った。

哲也は、船舶部で信託方式を活用した船舶の建造と販売に携わった。幾島ドック、琉球運輸など、忙しく造船所や船主を巡る日々を過ごした。哲也にとり、充実した三〇代前半の商社マン生活であった。この間に、見合い結婚をして、私生活でも幸せに過ごしていた。

ところが一九七九年に、哲也の人生にとって転機が訪れた。米国ブラマン社軍用機導入に関する汚職事件で、開府副社長が逮捕されたのである。ブラマン事件はラッキード事件と並んで、当時の日本を震撼させた政治汚職事件である。一九七九年一月、米国証券取引委員会は、ブラマン社が軍用機売り込みのため、代理店の日興商事を経由して、日本の政府高官に不正資金を渡していたことを告発した。この事件の中核にいた開府副社長は、国会での証人喚問にも呼び出され、最終的には懲役二年執行猶予三年の判決を受けた。

これを契機に、「開府軍団」は解体されて、それぞれ他部門へ配置換えとなった。哲也は電子機器部に移り、事務機・ＯＡ機器の欧州販売網構築の事業に携わることになった。複写機のカラー化・デジタル化の成長の波に乗って、電子機器部は発展し、特に欧州向け販売が急成長し、哲也もその業績を支える一翼を担った。そして一九八二年四月には、ＮＳブランド機器を販売する「ＮＳマシナリー・ユーロップ社」の副社長として、フランクフルトに赴任した。

哲也は、フランクフルト駐在となり、イタリアに出張する機会もあったが、かつての旧交を温める時間をとることが、なかなかできなかった。しかし酒井理恵や石塚美紀がどうしているのか、いつも気になっていた。日本に帰国後、理恵とは毎年クリスマスカードでのやりとりをしていたが、美紀とは一九七四年春にインスブルックで別れて以来、全く消息を聞いていない。日本に帰国してからは、仕事に忙殺されて、遠藤賢一の身の上のことを案ずる余裕もなかった。八年ぶりに欧州に戻ってきて、哲也の心には、再び彼らの存在がのしかかってきた。

そんな哲也の気持ちを見透かすかのように、赴任して間もないある日、理恵から突然電話があった。直接会って話したいことがあるという。哲也は、なんとかやりくりして、フィレンツェに住む理恵を訊ねた。かつて深田則夫も交え三人で食事した『ブーカ・ラーピ』で待ち合わせた。今や二九歳の理恵は、化粧も装いもすっかりイタリアナイズされて、ますます魅力的な女性となっていた。彼女は『イ・トスカーノ』のシェフ見習いから始めたが、オーナーに気に入られ、二年前にその長男マリオと結婚して、現在はファミリービジネスの一翼を担っているのである。

「理恵ちゃんは、すっかり美しきマダムに成長したね。いろいろ苦労もあったと思うけれど、一〇年前にイタリアに渡って本当に良かったね」

「哲也さん、御存知のように、私がイタリアに来た時に抱いていた夢は、イタリアでシェフ修業をして、その後日本に戻って南青山にイタリアンレストランを開くことだったの。それがなんだかこうなってしまって……、私の運命はもともとこのように定められていたのかしら」

「結婚生活はうまくいっているようだし、イ・トスカーノも繁盛しているので、君は恵まれていると思わなくてはね」

「そうですね、私はイタリアに来て以来、皆から支えられてラッキーな人生を過ごしてきました。レストラン経営の方は、夫のマリオと協力して、一年前にシエナに姉妹店をオープンしたのです。次の目標は、懐かしきペルージャにも系列店を開くことなの」

「それは素晴らしい！　オープンしたら必ず訪れるからね。ところで深田則夫くんは帰国したとのことだけれど、日本でどうしているかな？」

理恵は、急にしんみりとした口調になって、

「哲也さんも知っての通り、則夫さんはカバン職人になるために、アルノ川沿いの革製品工房で働いていたのだけれど、彼は器用なだけに、イタリア人の同僚たちは、どうしてもライバルとして見るのね。彼らとの関係もこじれて、結局三年経って、日本へ帰国しました。でも姫路の皮革メーカーに勤務して頑張っているみたいです。先日も手紙をくれて、来春には、小さいながらも自分の皮革工房を立ち上げる計画だとのことです」

「則夫君も本当にまじめで、若いのに思い切ってイタリアに飛び出てきた。本当は理恵

ちゃんのことが、好きでたまらないのに、親衛隊に徹して君を外敵から護っていたね」

「私も同感です。今私がイタリアで幸せになっているのも、彼のお陰です。本当に感謝しています」

一〇年前と同じように、アンティパストはサラミとクロスティーニ、パスタはピチのラグーソースを注文した。トスカーナ独特の料理は昔と何も変わっていない。哲也はロッソ・ディ・モンタルチーノの注がれたワイングラスを眺めながら、当時の三人での会食を、昨日のことのように思い出していた。メインディッシュのキアーナ牛のTボーンステーキが出てくるまで、多少時間があるので、理恵は改まって本題を切り出した。

「哲也さん、実は石塚美紀さんが、今年一月にウィーンで亡くなったの」

「えっ、本当なの！」と哲也は驚いて理恵を見つめた。

「死因は間質性肺炎の悪化ということのようです。美紀さんはもともと心臓に疾患があったので、病状が進むのが速かったようです。一九七四年三月にインスブルックのホテル・ザイラーで別れて以来、時々手紙のやりとりをしていました。私の結婚式にもわざわざウィーンから駆けつけてくれたし、二年前には私が彼女のもとを訪問し、二泊もさせてもらいました。美紀さんらしく小綺麗なアパートでの質素な生活で、古代ローマ博物館に勤務する傍ら、エッセイを執筆していました。ドイツ語も日常会話には不自由せず、それなりに幸せそうでした。あの誠実な人柄から、ウィーンでの友人も数多くできたようです。ところが、昨年末から手紙を出しても返事がないし、クリスマスカードも来なかったので心配していたのですが、なんと今年初めに病状が急変して亡くなりました」

「そうだったのか！　実に悲しいことだ」

哲也の脳裏には、セストリ・レバンテのホテル『ミラマーレ』で美紀を抱いた時の、彼女の憂いを帯びた瞳が、突然蘇ってきた。

「美紀さんは本当に知的な素晴らしい女性だった。今も彼女と会った時の一コマ一コマを思い出すと、なんと言ってよいか……」

「私も本当に世話になりました。哲也さんにも話したように、ペルージャで出会ってからは、美紀さんを姉のように思い、何かと甘え相談してきたの。美紀さんの友人エリーゼから、彼女が亡くなったと連絡があった時は、私もショックで二日ほど寝込んでしまいました。現地の友人たちにより、しめやかに葬儀がおこなわれ、現地で埋葬されたとのことです。この三月にドロミテにマリオと旅行に行った際に、ウィーンまで足を伸ばして、墓参りをしてきました。ブレンナー峠の税関を通過する時に、一九七四年当時の逃避行を思い出して涙が止まらず、税関吏に怪しまれてしまったの」

「上品で物静かな人柄の中に、芯の強さを秘めた女性だった。僕と同じ歳だから、まだ三六歳だ。あまりにも若すぎる」と哲也は目を伏せてじっと瞑想する。

そんな哲也に理恵が突然声をかけた。

「哲也さん、もう一つお話ししたいことがあるの。実は……遠藤賢一さんも既に亡くなっているの」

哲也は唖然として、口をあけたまま理恵の顔を凝視した。

「二年前に美紀さんをウィーンに訪問した際に、彼女からその事実を知らされました。一九七八年に、ローマでモーロ元首相が誘拐され、その後殺害された事件を憶えているでしょう?」

「勿論憶えている。日本で報道に接して驚いた。イタリアの『鉛の時代』に起きた悲惨な事件だったね。新社会主義勢力や極左テロ組織が台頭し、それを抑え込もうとするイタリア政府や保守勢力との抗争が繰り返されていた時代だった。当時日本でもモーロ誘拐事件は大々的に報道されていた」

「ここイタリアでは大変な騒ぎでした。私も含め、皆がテレビにかじりついて成り行きを憂慮して観ていました。モーロは五〇日間も監禁されたのですが、この間、赤い旅団は仲間の釈放を求め続け、イタリア政府はこれを拒否し続けました。ローマ教皇もラジオを通じて、赤い旅団へ釈放を要請したのですが、結局は殺害されました。車のトランクから遺体が発見されました。それもわざわざ、キリスト教民主党本部とイタリア共産党本部に近い場所から遺体が発見されたそうです」

「イタリア政治の転機となる事件で、映画や書籍でも幾度となく取り上げられている。当時は右翼よりのアンドレオッティ内閣であったので、キリスト教民主党内ではリベラル派領袖であったモーロは見殺しにされたとも言われているね。ＣＩＡやマフィアが裏で絡んでいるとの噂もあった。まさに闇の中で、未だにこの事件の真相が解明されていないと言うジャーナリストも多い」

「哲也さん、それで賢一さんは、モーロ誘拐実行部隊を後方から支援するために、現場にいたとのことです。そしてモーロ護衛の警官たちと激しい銃撃戦に巻き込まれて死亡したとのことです」

哲也は、しばし理恵を凝視したのちに、声を絞り出すように言った。

「そうだったのか！　彼とはホテル・ザイラーでの別れが最後で、もう人生で再会することはないと思っていたから、こちらから連絡をとろうともしなかった。でも中東か欧州のどこかで、彼なりに活動を続けていると思っていた。そうか、死んでしまったのか」

哲也は、頭を抱えたまま下を向いて黙り込んでしまった。理恵は心配そうに、哲也の顔をのぞき込んで、話を続けた。

「賢一さんと美紀さんが亡くなったことを、今まで連絡しないでいてごめんなさい。でも、哲也さんには、じかに会って詳しく報告したかったの」

「ありがとう、このように理恵ちゃんと一緒に、彼らが死亡した現実に向き合ったお陰で、心の悲しみが少しは和らぐ。やはり賢一は、イタリアに戻ってきて過激派組織の活動をしていたのだね」

「この点は美紀さんが詳しく説明してくれました。賢一さんも、ベッカー高原に戻ってしばらくは、パレスチナ解放戦線の後方部隊の仕事をしていたのだけれど、なかなか組織から抜けられなかったのね。二年後にはイタリアに戻り、赤い旅団のテロ活動を後方から支援するような立場になっていったそうです」

「それにしても、当時の日本の新聞では、モーロ誘拐事件の記事に、日本人が射殺されたとの記載はなかったけれど、どうしてだろう」

「その通りです、イタリアのどの新聞にも記載はありませんでした。だから私も美紀さんから、この事実を初めて聞かされたのです。イタリア政府が意図的に抑えたのでしょうかね」

「賢一も短い一生だったけれど、彼の思いとしては、最後まで革命家として人生を貫きたいと行動してきたのだから、我々がとやかく言っても意味がない。友人として彼の死を心から悼みたい」

哲也は、理恵の前で頭を垂れ黙禱し、脳裏に賢一の姿を呼び戻そうとした。一三年前の東都大学安畑講堂前の光景だ。赤ヘル集団がこちらに向かって迫ってくる、四列縦隊が長い角棒を横にして腰に当て、周りを蹴散らすように小走りでジグザグと蛇行しながら向かってきた。その先頭最前列で、大声でシュプレヒコールを上げて指揮をとる遠藤賢一の姿が近づいてきた……。

哲也がフィレンツェで理恵と会ってから二ヶ月後に、突然一人の女性が事務所に訪ねてきた。

「ミスター村上、金髪の美女がお待ちです」と受付の女性はニヤニヤしながら、哲也を応接室に案内した。

そこにはすっかり変身したソフィアが微笑みを湛えて立っていた。紺のスーツに身を固めた容姿には、かつての清純な面影はなく、バリバリのキャリアウーマンが哲也の面前にいた。

「哲也さん、すっかりご無沙汰していました。ペルージャではいろいろお世話になり、また賢一さんを助けていただいて有難うございました」

「驚いたな！　どうして僕の居所が分かったのですか？」

「酒井理恵さんから聞きました。是非一度お目にかかりたいと思っていました」

「そうですか、わざわざ私を訊ねてくれるとは本当に嬉しい。何年ぶりでしょう」

「哲也さんの運転で、賢一さんと一緒にグッビオに連れていっていただいた時以来ですから、一〇年ぶりですね」

「そんなに時が経ちましたかね、今はユーゴにお住まいですか？」

「そうです、クロアチアのザグレブに住んでいます。これからミラノに出張するので、その途上でこちらを訪問しました。どうしても哲也さんにお会いしたかったのです」

彼女は名刺を差し出した。「ユーゴ・イタリア友好協会事務局長」と書かれていた。

「先日理恵さんから、賢一が死去したことを聞いたけれど、なんとも悲しい。お悔やみ申し上げます」

「賢一さんがベッカー高原に戻ってからは、時々彼のもとを訪問していました。彼もしばらくは平穏な日々を過ごしていたのだけれど、それを組織が許さなかったのでしょう。彼の死を知らされてからは、しばらくはショックで家に閉じこもっていました。でも賢一さんの運命は、あらかじめこのように定められていたと諦めて、やっと立ち直りました」

「そうですね。僕の面前にいるあなたは、かつての清純な乙女ではなく、美貌のスーパーレディだ。あなたが賢一を失った悲しみを乗り越えてくれて、本当に嬉しい」

ソフィアはポシェットから小さな包みを取り出し、テーブルの上で開いた。それは珊瑚で造られた朱色のキーホルダーであった。三人でグッビオを訪問した際に、哲也が賢一に贈ったコルネット・ロッソのキーホルダーである。

「哲也さん、覚えているでしょう？　これはアッシジで賢一さんがいただいたものです。私はこのペンダントをいただきました」と言って、ソフィアは首にかけていたコルネット・ロッソを胸の奥から取り出して、スーツの上にかけ直した。

「賢一さんがベッカー高原から再びイタリアに向かう際に、もし自分に万一のことがあったら、このキーホルダーを賢一さんに渡して、今までの友情に心から感謝していると伝えてほしいと言われたのです」

哲也は、テーブルからキーホルダーを手にとり、しばし無言のまま眺め続けていた。グッビオのバルダッスィーニ通りに立ち並ぶアンティークの店の一軒一軒を、一緒にのぞき込んでは喜んでいる賢一とソフィアの姿が脳裏に蘇っていた。

第一六章　過ぎ去りし我らの時代

二〇一八年七月、哲也は妻の直子とアリタリア航空七八七便の機上にいた。あと二時間でミラノ・マルペンサ空港に到着する。隣席の妻は、相変わらず寝ている。機内ではいつも眠れぬ哲也は、石塚美紀が執筆したエッセイ『ペルージャ、中世の香り漂う風景』を取り出し、ぱらぱらとページをめくりながら、過ぎし日々の回想に耽った。

美紀は生前に、二つのエッセイ、『ペルージャ、中世の香り漂う風景』と『ウィーン、闇の中にワルツ響く風景』を執筆し、日本で出版した。出版した一九八〇年当時は、殆ど売れなかった。一九九〇年代に入って、哲也は、西都大学文学部の教授になっていた鈴本一誠に、このエッセイを再出版してはどうかと持ちかけた。これに応じて一誠が、大学出入りの出版社を選び、書籍販売店にも手広く声をかけたところ、じわじわと販売が伸びて、二冊合わせて累計で六万部も売れた。美紀の繊細な感性が綴るエッセイが、若い女性の心を捉えたのであろう。一誠の口利きもあって、今や旭日カルチャーセンターのエッセイ講座の教本として使用されるまでに至っている。

哲也は、このイタリア旅行に出かける直前の七月初めに、菊井卓次と鈴本一誠との三人で、久しぶりに食事をした。卓次は今まで海外勤務が多く、一誠は大阪暮らしなので、なかなか三人が揃うことは難しかった。七月からは哲也も卓次も年金生活に入ったので、久しぶりに会おうということになったのである。

鈴本一誠は、西都大学文学部でイタリア・レジスタンス史研究者として名を馳せ、今でも講師として勤務している。菊井卓次は、紅忠商事を最後まで勤め上げ、ミラノ、ロンドン、アトランタ、そして最後はロサンジェルス支店長と、通算一七年間の海外勤務であった。哲也はフランクフルトで、NSマシナリー・ユーロップ社に七年間勤務のあと帰国し、古巣の電子機器部に戻った。しかしフランクフルト時代に副社長、社長として、販売会社のダイナミックな経営に携わった経験が忘れられず、四九歳で日興商事を退職した。外資系OA機器企業、設備機器製造会社と転職を重ね、最後は大手アミューズメント企業に一八年間も勤務し、創業経営者のもとで経営改革の指揮をとった。この六月末に七二歳を迎え、創業者の引退を機に退職し、仕事は一切辞めた。

哲也は、卓次と一誠とは、それぞれ個別に会う機会はあったものの、三人で会うのは一〇年ぶりである。一誠が泊まりがけで東京に出てきてくれたので実現した。哲也は、神保町にある行きつけのトラットリア『クイリナーレ』を予約した。ここは赤ワインのロッソ・ディ・モンタルチーノを備えており、パスタはアマトリチャーナ風、またはアンチョビーとケッパーのオイル風味が美味しい。メインの肉料理では、骨付き仔羊のソテーや、パルミジャーノチーズとバジルをかけた薄切り肉のカルパッチョが素晴らしい。

「哲也はペルージャを訪れるのは、これで何回目なの？」と卓次が訊ねた。

「そうだな、フランクフルト駐在時代に二回ほど訪れた」

「俺はミラノ駐在時代に一回かな」と卓次が言った。

「私は、あのペルージャ外国人大学に通って以来、一度も行っていませんよ」と一誠が不満げに言った。

「それは西都大学教授のレジスタンス研究者としては、まことに怠慢だ」と卓次が茶化した。

「ところで古い話で恐縮だけれど、君がロンドン駐在時代に、突然、あのアンナが訪ねてきたとか手紙に書いていただろう？　一誠も初めて聞くことだから詳しく話してくれないかな」と哲也が尋ねた。

「えっ、あのスイス三人娘のアンナですか！」と一誠が叫んだ。

「そうマルゲリータとスザンナと一緒に居たアンナだ。ロンドン駐在時代だから俺が四〇歳の頃かな、ある日突然、紅忠ロンドン支店事務所に現れたのだ。あまりの美しさに目が眩んでしまった」

「オーバーですね、卓次さん。でもアンナには、きりっとした気品がありましたね」

「そうだね、彼女は三五歳くらいになっていたかな、もともと細身でスタイルも良かったけれど、そこにミセスの円熟味が加わって、ふるいつきたくなるくらいだった。一時間ほど応接室で話したのだけれど、彼女はスイスのミセス向け婦人雑誌のモデルをしていて、撮影でロンドンに出張してきたとのことだった。彼女が詳しくスイス三人娘のその後の人生を話してくれたけれど、三人とも結婚し子供にも恵まれているそうだ。スザンナだけは薬剤師を続けているが、マルゲリータは体操の世界に戻って、オリンピック選手育成チームの一員として頑張っているとのことだった。アンナが哲也によく伝えてくれと言っていたけれど、マルゲリータを抱こうとしても、筋骨隆々の彼女の肩では、哲也の腕はとても回しきれませんよ、とのことだ」

哲也は目を閉じた。あの晩のマルゲリータの、鮮やかな前転宙返りの姿が、目の前に現れた。

ミラノ到着後一泊して、翌日にレンタカーでペルージャに向かった。

ペルージャの新市街は綺麗に整備され、四〇年前とはすっかり様変わりしていたが、丘の上の旧市街に向かう上り坂は変わっていない。哲也は、久しぶりの左ハンドルで緊張しながらも、なんとか連続する急カーブを駆け上がり、旧市街の入り口のマルツィア門に到着した。これをくぐると、昔のままの旧市街が目の前に現れた。石畳の道を抜け、イタリア広場に出て、ホテル・ブルーファニーの駐車場に車を乗り入れた。

哲也はイタリア語学研修生時代に、ここブルーファニーのバーコーナーに、卓次や一誠と飲みに来たことはあるが、高級ホテルだけに、宿泊することは今回が初めてである。四階の部屋から眼下を眺めると、周囲の丘陵を一望する素晴らしい景観が広がっている。直子が驚嘆の声を上げた。

今宵は、酒井理恵とトラットリア『イ・ペルジーノ』で夕食を一緒にする約束である。理恵と夫のマリオのファミリーは、フィレンツェのトラットリア『イ・トスカーノ』で成

功をおさめた。その後シエナ、アレッツォに姉妹店を開き、八年前にはペルージャに『イ・ペルジーノ』をオープンして、理恵は長年の夢を叶えた。今は娘のモニカが経営している。フィレンツェのキアーナ牛の代わりに、アルゼンチン産の牛肉のTボーンステーキで地元住民から愛され、繁盛している。

哲也は直子を伴って、『イ・ペルジーノ』に向かった。周囲の街並みを楽しみながらの散策である。ヴァンヌッチ通りは、相変わらず観光客と外国人大学の学生で溢れ、国際色豊かな賑わいであった。カフェ『カプリッチョ』も未だに健在で、オープンテラスは満席である。ヴァンヌッチ通りを抜け、「11月4日広場」の大噴水を目の前にして、しばし佇んだ。さらに、左側の薄暗いプリオリ通りに入ると、そこはまさに中世の風情である。左右に古ぼけた建物が迫る石畳の坂道をだらだらと下り、ヴェルツァーノ通りに出た。すぐ先にトラットリア『イ・ペルジーノ』の看板が見えた。路の北側に沿って切り立った崖になっていて、眼下に古い街並みが広がっていた。看板の横の細い石段を下って、ドアを開けると、理恵と娘のモニカが満面の笑みで迎えてくれた。

『イ・ペルジーノ』は、八テーブル席のこぢんまりしたトラットリアである。まるで高

台に立つテラス席のように、北側にはペルージャの古い街並みを見渡せる。北東の遠方には、エトルリア門、その先にはペルージャ外国人大学の壮麗な建物を眺望できた。今宵は、哲也・直子夫妻と理恵・モニカ母子の四名での夕食である。パスタはポルチーニ茸スーゴをかけたウンブリケッリ、メインはアルゼンチン産牛肉のTボーンステーキ、どちらもイ・ペルジーノ自慢の名物料理である。

「理恵ちゃん、本当に素敵な店だ。眺望も素晴らしいし、味も最高だ。キアーナ牛の代わりにアルゼンチン産のTボーンとは、よく考えたね」

「哲也さん、ありがとうございます。八年前に、長年の夢を叶えて、ここペルージャにオープンできました。おまけにモニカが経営を見てくれるので、本当に嬉しいの」

モニカは丁度三〇歳を迎えたところで、かつての若き理恵の面影に、イタリア女性独特の艶やかさを加味した風貌で、まことに魅力的な女性だ。彼女の本業は、フィレンツェ郊外のヴィンチ村で、アグロツーリズモ研修施設の運営である。農業と観光が一つになって、地域の食材と豊かな自然を楽しむアグロツーリズモ（農泊）は、近年ブームとなった。モニカは、このアグロツーリズモ促進協会のトスカーナ州事務局長の職にもあり、海外各地を飛びまわっているのでまことに忙しい。哲也は、モニカが『イ・ペルジーノ』の経営ま

でも見ていると聞いて驚いた。まさにバリバリのキャリアウーマンである。

「母からいつも聞かされるのですが、ここペルージャでは哲也さんを始め、いろいろな方々と出会い、それが母の人生を方向づけたと言っていますけれど、本当ですか？」

理恵は、モニカと哲也を交互に見て、微笑みながら黙っている。

「そうですね、もう四〇年以上も前のことだけれども、僕も今までの人生の節目で、何故かペルージャ外国人大学での日々を思い出します。人との出会い、そして別れ、それらが僕の人生に大きな影響を与えたことは間違いない。ペルージャに来るまでの日本での生活と、日本に帰国してからの人生との間の、重要な転換期であり、また自分としても、最も充実し成長した時期であったのかな。理恵さんにとっても、また菊井卓次や鈴本一誠など当時の友人たちにとっても、まさに我らの時代という感じで、輝いていたと思う」

「あなたは、イタリア語学研修時代の思い出になると、いつも自己陶酔している雰囲気になって、とてもついていけない。私には臨場感がないから仕方がないけれどね」と直子が口を挟んだ。

「そうですか、母も同じです。イタリアに渡ってきた若き二〇代の話になると、自分の感傷に浸って、こちらは入り込めません」とモニカが相槌を打った。

「今から思うと、イタリアに引き寄せられたのは、私の定められた運命だったようね」と理恵が話し出した。

「当時まだ中学生だった私が、ジャンニ・モランディの『イン・ジノッキオ・ダ・テ（君にひざまずいて）』を、初めて聴いてすっかり興奮して、イタリアに憧れました。それからというもの、カンツォーネだけでなく、文化や料理にも興味を持つようになり、将来はイタリアに渡ろうという思いが次第に募りました。私は母子家庭で育ったこともあって、独立心も強かった。また周りの、いわゆる良家のお嬢様たちへの反感も強かったの。二〇歳になったことをきっかけに、思い切って日本を飛び出したわけです」

「そうだね、当時ペルージャにやってきた我々日本人は、多かれ少なかれ普通の生活に満足しきれない者が多かった。海外に憧れチャレンジする者、会社生活にマンネリを感ずる者、華やかなOL生活に馴染めない女性、学生運動に挫折した者、日本社会のひずみから抜けでようとした者……。今振り返ると、種々雑多で混沌として面白かった」と哲也がしみじみと言った。

「七〇年当時、日本は豊かにはなったけれど、何故か急に若々しさと激しさを失っていくように映ったの。周りの友人たちは、ファッションやボーイフレンド探しに夢中になっていて、私はとてもついていけなかった。このような当時の日本社会に馴染めず、私のような思いで、海外に出ていった人たちも多かった」と理恵は言葉を挟んだ。

「理恵ちゃんの指摘通りだ。勿論、中には現状逃避ではなく、理想に燃えて海外雄飛を考えた若者も多数いたはずだ。一九六〇年代の日本は、イデオロギーの激しい衝突と、若者のエネルギーの爆発に明け暮れたけれど、七〇年代に入ってそれも終焉し、経済成長のひずみも次々と出てきて、世の中には多少しらけた雰囲気が漂っていたと思う。そこで海外にチャレンジする若者、または日本から逃避する若者が多かった」

「あの当時は、我々にとって欧米の世界は、一歩も二歩も先をいく存在でしたよね。だから私も憧れのイタリアに渡ってきて、苦労するのは当たり前と思って、やる気まんまんで邁進してきました」と理恵は誇らしげに語った。

「そうだね、一九七〇年代初めの日本はまだ一流国とは言えなかった。だから我々の世代、そして我々に続く団塊世代は、世界に追いつけ追い越せとハングリーになって挑戦し、海外へも積極的に飛び出していった。そして『ジャパン・アズ・ナンバーワン』の著作に代表される日本経済の黄金期を作り出していったわけだ。しかしそのあとがいけない。日本全体がバブル景気に驕り酔いしれ、結果として当然のごとく崩壊し、その後の『失われた二〇年』という停滞を招いてしまった。モニカさんや我々の子供たちが属するY世代やミレニアル世代に対しては、とかく覇気がないとか、豊かさに安住しているとか批判はあるけれど、僕の見るところ、我々世代にこそ、そのような風土を作ってしまった責任の一端があると思う。これからは若い世代が、世界に躍動する日本の姿を、改めて作り上げてほしいと願っている」

「なんだか聞いていると、日本を背負った経営学者みたいなことを言っているわね。難しい話はこのくらいにして、あなたは何故これほどにもイタリアが好きなの？　あなたのような典型的A型人間には、規則も守らず時間にルーズなイタリア人よりも、ドイツ人や英国人の方が、相性が合うと思うけれど」

「直子の言う通りだ、僕自身も何故イタリアがこれほどに好きなのか、時々不思議に思うことがある。独身で多感な時に、イタリアに滞在したことで、イタリアの良いところ、悪いところが、自分の日常生活に組み込まれてしまったのだろうか。イタリア的直観感覚主義が、人生を豊かにし、日々の生活を刺激的にすることを、学んだのかもしれない。イタリア人はどんなに苦しい状況下でも、しぶとく楽しみを見つけようとする。この面では天才的だね。一九九九年に、ロベルト・ベニーニ監督の映画『ライフ・イズ・ビューティフル』が世界中で大ヒットしたけれど、まさにイタリア人の真骨頂を顕した作品だ」

「私も哲也さんと同感です。少し話題がずれるけれど、レストランを運営して分かったことは、イタリア人は、レストランで、または自宅の食卓で、家族や友人と会食することは、一日の大切なセレモニーと捉えているのですね。人生において大事な教育の場であり、出会いの場であり、大袈裟に言えば心震わせる刺激的な場と考えていることね。このイタリア人の食に対する真摯な姿勢には、常々感心しています。単なる栄養補給の場ではないので、会話をしなければいけないし、自己アピールもしなければいけない。時間がかかるのは当たり前なのね」と理恵は目を輝かせて言った。

「そうだね、今やイタリアの食文化が世界を制している感がある。イタリア人がいかに食べ物に執着し、美味しいものを生み出そう、賞味しようと、必死になっている姿を見ると感動するね」

「何やかや言っても、あなたは結局イタリアの美女と美食に魅せられて人生を過ごしてきたのよ。イタリアという国が持つ情熱がそうさせたのかしらね」と直子が揶揄した。

「皆さんの話を聞いていると、イタリア人は素晴らしい感性と情熱を持っているみたいね。日本人とイタリア人のハーフである私も誇りが持てるのかしら」とモニカが微笑する。

「そうですよ、これからのグローバル社会は、モニカさんのような国際人が引っ張っていく時代だ。あなたの輝く未来に乾杯、そして、ここペルージャで四人が元気に集う幸せに乾杯！」と哲也はグラッパの入ったリキュールグラスを皆の前に掲げた。

すっかり夜も更け、辺りは静寂に包まれていた。食後の開放感からか、四人ともそれぞれの思いに耽って、北側に広がる古い街並みを眺めていた。ペルージャ外国人大学の壮麗な建物が夜の闇にライトアップされ、ひときわ輝いている。それを哲也は飽きもせず眺め続けていた。

哲也の脳裏には、一九七二年九月の初級三ヶ月コース最終講義の光景が蘇ってきた。目を閉じた。そこには、教壇に立つジャコモ教授がいた。ダンテの詩文「新生」の一節から、ベアトリーチェへの恋情を切々と謳いあげるジャコモ教授の姿であった。

終わり

著者プロフィール

星 一平（ほし いっぺい）

1946年生まれ　東京都出身
1969年６月　東京大学法学部卒業
1969年７月　大手総合商社入社
1996年６月　49歳で設備機器メーカーへ転職
その後、外資系企業、アミューズメント企業などの経営に携わる
2019年７月　73歳で年金生活に入る

著書に、『男たちのラプソディー　大手商社の片隅で事業にかけた男たちのドラマ』（2021年、文芸社）がある。

ラプソディー・イン・ペルージャ

愛と美食の国で運命的にめぐり逢った若者たちのドラマ

2025年２月15日　初版第１刷発行

著　者　星 一平
発行者　瓜谷 綱延
発行所　株式会社文芸社
〒160-0022　東京都新宿区新宿１－10－１
電話　03-5369-3060（代表）
03-5369-2299（販売）

印刷所　TOPPANクロレ株式会社

ISBN978-4-286-26275-8